Marc Palmer

SPURLOS

THRILLER

Books on Demand, Bod.de

Impressum:

Deutsche Originalausgabe

Alle Rechte vorbehalten

Herausgeber, Herstellung und Verlag:
BoD - Books on Demand GmbH
In de Tarpen 32, 22848 Norderstedt
www.bod.de

Copyright (Bild/Text): Marc Palmer
ISBN: 978 – 3 – 7357 – 9333 - 1
Nationaler und Internationaler Vertrieb:
Books on Demand GmbH

Deutsche Erstauflage: September 2014

Für die „Ermutiger"

Vorwort:

Dieses Buch ist ein Roman. Handlungen und Personen sind frei erfunden. Ähnlichkeiten mit lebenden oder toten Personen sind rein zufällig.

Die Region und den See der Handlung gibt es. Das Titelbild zeigt den Schrecksee im Hintersteiner Tal, das zur Gemeinde Bad Hindelang im Oberallgäu gehört.

Einige wenige Schauplätze - wie z.B. Hütten - wurden aus dramaturgischen Gründen dazu erfunden oder geändert. Das gleiche gilt für einige Firmennamen, Personen in diversen Firmen und Straßennamen in der Region.

1. Kapitel

Max Lemper und Nicole Hanke waren in großer Vorfreude. Das aus dem Raum Ulm stammende Pärchen war auf der Fahrt ins Allgäu. Im beschaulichen Kurort Bad Hindelang wollten sie ihren ersten gemeinsamen Urlaub verbringen. Sie hatten eine Ferienwohnung für eine Woche im Ortsteil Bad Oberdorf angemietet. Für beide war es nicht der erste Aufenthalt im Allgäu. Die Liebe zur Natur, den Bergen und der traumhaften Landschaft hatte sie schon öfters hierher geführt. Dieser Urlaub war jedoch für beide was Besonderes. Sie waren erst seit einem Jahr liiert und dieser gemeinsame Urlaub sollte auch eine Prüfung für ihre Beziehungsfähigkeit sein. Sie hatten sich in einem Bistro in der Altstadt von Ulm kennengelernt und wohnten noch getrennt voneinander. Über eine gemeinsame Zukunft hatten beide schon häufiger gesprochen. Max, dreiunddreißig Jahre alt, Einrichtungsberater in einem großen Möbelhaus und Nicole, sechsundzwanzig Jahre, Studioleiterin in einem Fitnessstudio. Es war Ende Mai an Christi Himmelfahrt, als die beiden sich nachmittags auf der Fahrt befanden. „Hast du genügend Proviant für die morgige Tour eingekauft Schatz?", fragte er die vor sich hin träumende Nicole.

„Natürlich", entgegnete sie, „ich will ja nicht, dass mein hungriger Bär mit knurrendem Magen im Gebirge unterwegs ist. Das reicht locker für zwei Tage. Ich habe eher eine andere Befürchtung."

„Welche denn?", fragte er.

„Vielleicht ist es noch ein paar Wochen zu früh für die Tour zum See. Immerhin liegt der See auf 1800 Meter, bei dem strengen Winter dieses Jahr kann dort noch einiges liegen, vor allem an den nordseitigen Passagen."

„Und auch wenn es so sein sollte, dann brechen wir halt früher ab. Wir müssen ja nicht unbedingt den Jubiläumsweg gehen."

Der Weg, den Max nannte, war ein beliebter und bekannter Höhenweg zwischen dem Tannheimer Tal, der auf der angrenzenden österreichischen Seite lag, und dem Hintersteiner Tal auf Allgäuer Gebiet. Eines der Highlights auf dieser Route war der Schrecksee, ein malerischer Hochgebirgssee, der schon auf unzähligen Motiven verewigt wurde. Der See war ein Blickfang und hatte im Vergleich zu anderen Bergseen noch eine kleine Insel. Max und Nicole waren sehr vitale, konditionsstarke Tourengeher, aber in dieser Ecke waren sie noch nie unterwegs gewesen. Als sie nach gut neunzig Minuten in Bad Hindelang ankamen, fanden sie mit Hilfe ihres Navis sofort ihre Unterkunft. Wie mit ihrem Vermieter ausgemacht, lag der Schlüssel ihrer Wohnung versteckt unter einem großen Pflanzenkübel, unweit des Türeingangs. Sie kamen um 17.00 Uhr an und wie mit den Vermietern vereinbart, wollten diese gegen Einbruch der Dunkelheit sich kurz bei dem jungen Pärchen vorstellen. Als sie ihr Auto abstellten, waren sie schon begeistert von der wunderbaren ruhigen Lage, wo sie waren. Sie sahen das Imberger Horn, das nur knapp dreihundert Meter von ihrer Wohnung viele Wanderer per Gondel in die Höhe brachte. Daneben und dahinter die höheren, noch teilweise schneebedeckten „2000er" des Allgäuer Alpenkammes, die das prächtige Panorama noch schöner zur Geltung brachten. Die 60 Quadratmeter große Wohnung machte einen gemütlichen, rustikalen Eindruck in dem sonst leeren Haus. Die anderen beiden Wohnungen waren nicht belegt, trotz der guten Ferienzeit und der prächtigen Lage. Als die Sonne hinter dem Imberger Horn verschwand, legte sich der Schatten auf den Ortsteil Bad Oberdorf. Max und Nicole genossen auf dem Balkon die untergehende Sonne und saßen bei Spagetti und Rotwein gemütlich auf den Korbsesseln. Als sie die ersten Kerzen anzündeten, kam gegen 20.00 Uhr die Eigentümerin der Wohnung vorbei. Frau Koch, eine Frau Anfang fünfzig, kam mit Schäferhund an der

Leine. Sie stellte sich freundlich vor und bestellte artig Grüße von ihrem Mann, der es vorzog, noch in den Biergarten zu gehen. Die Temperaturen luden dazu ein. Es hatte noch zweiundzwanzig Grad Lufttemperatur und nur eine leichte Windbrise streifte über den kleinen Kurort im Oberallgäu. Nach kurzer Unterredung verabschiedete sich Frau Koch und teilte dem Paar mit, dass sie mit ihrem Mann nur hundert Meter entfernt beim Kurpark wohnen würde. Dann trottete sie mit ihrem Hund weiter in die mittlerweile dunkle Nacht. Nicole und Max packten für den nächsten Tag ihre beiden Rucksäcke und hörten kurz vor Mitternacht noch leichte Regentropfen an dem Fenster ihres Schlafzimmers.

„Hoffentlich ist es morgen schön sonnig und trocken", sagte Nicole und gab ihrem Freund noch einen Gute Nacht Kuss. Danach schliefen beide ein und ahnten noch nicht, dass es ihre letzte ruhige Nacht in ihrem Urlaub sein sollte.

2. Kapitel

Als sie am Morgen um 7.00 Uhr aufwachten, war der Himmel wolkenverhangen. Der Wetterbericht tags zuvor hatte gutes Wetter prognostiziert. Beim Frühstück machte Max sein Smartphone an. Als er einen Schluck aus seinem Kaffee nahm, meinte er zu Nicole: „Also laut meiner Wetter-App für diese Region, müsste ab dem späten vormittag sonniges Wetter über dem ganzen Tal hier sein. Wollen wir mal hoffen, dass die sich nicht irren." Sie guckten auf den dunklen Himmel und sahen die noch nassen Straßen vom Fenster aus. Sie frühstückten zu Ende und verstauten noch zwei gekühlte Getränke in ihren beiden Rucksäcken. Dann gingen sie zum Auto und verstauten diese mit ihren Wanderstöcken im Kofferraum ihres VW Golf. Ihre Ferienwohnung im Hindelanger Ortsteil Bad Oberdorf lag fünf Kilometer vom Ausgangspunkt des nächsten Ortsteils „Hinterstein" entfernt. Sie hätten zwar unweit ihrer Wohnung auch einen Bus nehmen können, entschieden sich aber für den eigenen Pkw. Über die Gästekarte die sie von ihrer Vermieterin erhielten, waren eh alle Parkgebühren im Ortsbereich frei. Ganz ohne Bus gings dann aber doch nicht. Um den Aufstiegs – und Wanderweg zu verkürzen, verkehrte vom letzten großen Parkplatz in Hinterstein eine Buslinie, die das Tal in regelmäßigen Abständen abfuhr. Diese Straße bis Talende war für den normalen Verkehr gesperrt. Nicole und Max stellten ihr Auto ab und holten die restlichen Sachen aus dem Kofferraum. Der Andrang von anderen Ausflüglern um 9.00 Uhr beim Buseinstieg hielt sich in Grenzen. Der bewölkte Himmel hatte doch einige Wanderer abgeschreckt. Zehn nach neun startete der halb volle Bus ins Tal hinein. In zehn Minuten war die Haltestation beim E-Werk erreicht. Bis hierher hätten die beiden schon über drei Kilometer erlaufen müssen. Vom Bus aus sahen sie schon einiges der Oberallgäuer Alpen. Mit ihnen stieg nur noch ein älteres Paar und ein einzelner jüngerer Mann ihres Alters aus. Auf der Vorderseite des Wasserwerkes sahen sie schon mit Interesse die ganzen Hinweise, wie mit dem Wasser des Taufersbaches die Energie gewonnen wird. Auch was der Schrecksee hier für eine Bedeutung hat und wie sich das Bild dort die letzte Jahrzehnte verändert hat, erfuhren die interessierten Gäste. An den Wanderschildern vom Halteplatz, stand eine Zeitdauer von zweidreiviertel Stunden zum Schrecksee. Sie schulterten ihre Rucksäcke auf, stellten ihre Stöcke ein und liefen gemütlich los. Die anderen drei waren schon zügig vorausgeeilt. Es war noch bedeckt und die Temperaturen lagen bei etwa zwölf Grad, als sie auf leicht schmierigen Pfaden den Weg einschlugen, der anfänglich viel durch den Wald verlief. Durch den leichten Regen in der Nacht waren einige Passagen mit nötiger Vorsicht zu genießen, da es sonst eine unangenehme Rutschpartie geben konnte. Nach einer Stunde entdeckten sie einen schönen kleinen Stausee auf 1300 Meter Höhe, versehen mit einem kleinen Gebäude und Staumauer der E-Werke. Danach wurde das Gelände offener und der Wald lichtete sich immer mehr. Nach einer kurzen Getränkepause sahen die beiden die ersten Löwenzahnwiesen und auch Arnika war immer häufiger zu entdecken.

„Hast du die kleinen Thermokissen mit?" fragte Max als er einen schönen Rastplatz auf einem Felsblock unweit des Baches entdeckte. „Klar doch", meinte Nicole und wischte sich die ersten Schweißtropfen von der Stirn. Am Himmel waren jetzt immer mehr Lücken zu entdecken, durch die sich die Sonne langsam durchkämpfte.

„Juhu, die Sonne kommt!", frohlockte Nicole schon in bester Laune. Am Taufersbach entlang ging es immer steiler werdend, jetzt in etwas schroffigeres Gelände nach oben. An einigen Felswänden sahen sie bereits leichte, kleine Wasserläufe, die sich ihren Weg nach unten brachen. Die weißen Spitzen der höheren umliegenden Berge waren schon greifbar nahe. Auf 1600 Meter Höhe angekommen, beschlossen beide noch eine kurze Pause zu machen, um die wunderbare Aussicht und Stille zu genießen.

„In gut einer dreiviertel Stunde müssten wir oben am See liegen", meinte Max. Nicole nahm ihr Fernglas aus dem Rucksack und machte einen Rundumblick. „Vielleicht entdecke ich ja ein Murmeltier", sagte sie und schaute, ob sie auch ihre Kamera griffbereit hatte. Sie nahmen noch einen Schluck aus ihrer Flasche und wanderten weiter. Dann auf rund 1700 Meter Höhe ein überraschender Anblick: Große und weite Schneeflächen säumten immer mehr den Weg. Nicole schüttelte verwundert den Kopf: „Erstaunlich! Das noch Reste vorhanden sind, war mir klar, aber dass noch so große Mengen hier liegen."

„Ja, jetzt wissen wir, warum hier so wenige Leute unterwegs sind", entgegnete Max."

„Hoffentlich wird's am See weniger, sonst können wir auf keinen Fall den Jubiläumsweg gehen", meinte sie. „Der liegt ja noch höher als der See."

Sie gingen weiter und merkten, dass sie immer tiefer einsanken. Bis auf Schafthöhe ihrer knöchelhohen Wanderschuhe lag jetzt immer mehr der Schnee. Den letzten Kilometer bis zum See hatten dann beide noch einiges zu kämpfen. Dann war es soweit. Ähnlich wie in einem Krater lag der See auf einmal vor ihnen. Ein ungewöhnlicher Anblick, es war nämlich gar kein Wasser zu sehen, sondern der circa 400 x 300 Meter große See war eine einzige Eisfläche! Trotz der milden Temperaturen, die hier oben auch mittlerweile bei fünfzehn Grad lagen, war das Gewässer noch fast vollständig zugefroren.

„Ein faszinierender Anblick", meinte Max. „Als ob wir in einer Antarktis-Expedition sind. Und das um halb eins mittags und bei strahlendem, ungetrübten Sonnenschein. Gott sei Dank gibt`s hier entlang des Ufers mehr Grün als Schneeflächen, dann können wir uns noch ausgiebig sonnen, bevor wir zurücklaufen."

„Max, gehen wir da rüber zu der Hütte auf der Anhöhe, oberhalb des Wasserauslaufes?", fragte Nicole und zeigte mit ihrem Arm zu der großen Holzhütte oberhalb des Sees. Als sie näher an die Hütte traten, sahen sie, was diese für einen Zweck erfüllte. Nach hinten ging ein dickes Stahlseil, das einer Materialseilbahn diente. Hier wurde vom Werk aus gesteuert, wie viel Wasser die Trasse nach unten durchlässt. Außerdem diente das Gebäude vermutlich als Materiallager und Werkzeugschuppen. Als Max und Nicole an die Hütte traten, sahen sie auch zwei Fenster am Gebäude. „Wahrscheinlich ist da häufig ein Mitarbeiter, um die Abläufe nach unten zum Tal zu steuern", meinte Nicole, nachdem sie in das Fenster guckte und auch eine Bank und einen Tisch entdeckte. Dreißig Meter unterhalb der Hütte sah Max einen schönen Rastplatz. „Hier machen wir unsere

Sonnenpause", meinte er und steuerte darauf zu. Sie legten ihre Sachen ab, und Nicole holte die Thermomatten aus ihren Rucksäcken. Dann breiteten sie diese auf dem noch feuchten grasigen Untergrund aus. Als sie saßen, holte Nicole Kamera und Fernglas hervor. Max war für die „Abteilung Proviant" zuständig.

„Wirkt schon bissl unheimlich hier", meinte er und nahm einen Schluck seines isotonischen Getränks. „Keine Menschenseele und der See ist eine riesige bläuliche Eisscholle."

„Vielleicht können wir uns ja die kleine Insel kaufen", sagte seine Freundin grinsend und gab ihm ein Bussi auf die Wange. „Es hat ja auch seine Vorteile, dass niemand da ist. Wir können uns etwas entkleiden und ich oben ohne sonnen."

„Ja, warm genug wär's ja und windstill", meinte er und sah auf seine Outdoor-Uhr. „16,5 Grad zeigt meine Uhr an und 1815 Meter Meereshöhe."

„Aber bevor ich mich ausziehe, mach ich erst ein paar Aufnahmen", sagte sie und stand auf. „Dort drüben auf der anderen Seite geht das Paar, das wir auch im Bus gesehen haben. Die werden doch wohl nicht den Weg weitergehen Richtung Prinz-Luitpold-Haus?"

„Wär schon sehr mutig von den beiden, zumal der Höhenweg oft oberhalb der Zweitausender Marke verläuft."

Nicole nahm ihre Kamera in die Hand und machte ein paar Schnappschüsse mit ihr über dem See, auf die umliegende Bergwelt. Sie fotografierte auch das Paar auf der anderen Seite.

„Da drüben läuft auch einer den schneebedeckten Berghang hoch", meinte sie, als sie den Wanderer im Sucher der Kamera sah.

Max studierte seine Karte. „Ja, das müsste der Kastenkopf mit 2129 m sein, den ich hier auf der Karte sehe. Einer von fünf Gipfeln die über 2000 Meter liegen, hier direkt um den See rum. Aber die heben wir uns für ein anderes Mal auf, das Risiko müssen wir jetzt nicht unbedingt eingehen, zumal der Typ auch Schneeschuhe an hat."

Nicole hing sich ihre Kamera um den Hals und nahm ein paar Taschentücher in die Hand.

„Schatzi, ich mach von der Hütte oben ein paar Aufnahmen und such mir dann noch ein stilles Örtchen, sonst mach ich in die Hose. Send doch von deinem I-Phone Bernd eine MMS zu und richte ihm schöne Grüße von mir aus."

Dann ging sie los. Sie meinte Max besten Freund, der ihnen den Tipp gegeben hatte, hier zum See mal eine Tour zu machen. Er schoss mit seinem Handy einige Aufnahmen, schrieb ein paar Zeilen und sendete sie ihm. Der Empfang hier oben war sehr gut, vermutlich aufgrund des Werkes und der Bediensteten die hier öfter arbeiten, dachte er sich. Er sah auch, wie Nicole oben an einem Grashang über der Hütte noch einige Aufnahmen schoss.

Sie winkte und schrie: „So, jetzt noch etwas erleichtern, dann komm ich wieder!" Dann verschwand sie hinter der Hütte. Max sah, dass das ältere Pärchen ebenfalls einen schönen Rastplatz auf der gegenüberliegenden Seite des Sees entdeckt hatte. Zehn Minuten verstrichen.

„Hat aber eine ganz schön lange „Sitzung", murmelte er vor sich hin und stand auf. Er packte die Matten zusammen und verstaute sie im Rucksack. Er wollte mal raufschauen, wo sie solange blieb. „Mausi!", schrie er dann Richtung Hütte. „Wo bleibst du denn?"

Keine Reaktion auf seine laute Stimme. Dann schulterte er seinen Rucksack um und ließ den seiner Freundin liegen. Er lief los zur Hütte. Die Sonne schien mittlerweile fast wolkenlos vom hellblauen Himmel. Die Eisschollen im See schmelzten immer mehr und ließen das türkisblaue Wasser erahnen, das darunter immer stärker hervorschimmerte. Dann stand Max vor der Hütte.

„Nicole, wo steckst du?"

Keine Antwort auf seine mittlerweile nervöse Stimme.

„Verdammt, wo ist sie denn? Das gibt's doch nicht", murmelte er vor sich hin und legte seinen Rucksack vor der Hütte ab. Dann umlief er das acht mal fünf Meter große Gebäude. Er legte die Hand auf die Türklinke und drückte sie herunter. Verschlossen! Da konnte sie unmöglich sein. Zudem war die abgesperrte Tür noch zusätzlich mit einem Vorhängeschloss gesichert.

Er formte die Hände zu einem Trichter und legte sie an den Mund: „ Nicole!", brüllte er so laut wie selten zuvor in seinem Leben. Keinen Ton konnte er vernehmen. Er trommelte mit seinen Fäusten gegen die Holztür. „Hallo, ist da jemand?"

Nur der Flügelschlag einiger Bergdohlen war zu hören, ansonsten Totenstille. Angstschweiß breitete sich auf der Stirn von Max aus. Gott im Himmel, sie konnte doch nicht auf einmal verschwunden sein, dachte er sich und wischte sich den Schweiß von der Stirn. Er trat auf den großen Grasrücken oberhalb der Hütte und brüllte erneut mehrfach ihren Namen. War sie den Abhang zur anderen Seite hinunter gestürzt? Aber dann hätte er doch einen Schrei gehört? So was passiert doch nicht lautlos. Sein Herz hämmerte immer schneller.

„Ist was passiert?" hörte er eine männliche Stimme rufen. Das Ehepaar von der anderen Seeseite war aufgrund der lauten Rufe hellhörig geworden und in seine Richtung gelaufen. Er sah das ältere Paar Anfang sechzig auf sich zukommen.

„Meine Freundin ist plötzlich verschwunden", klärte er die beiden auf. „Sie wollte sich erleichtern und noch paar Bilder machen, hier oberhalb der Hütte. Ich sah sie noch fotografieren, dann war sie kurze Zeit später auf einmal verschwunden. Ich bin fassungslos!"

„Okay, wir werden suchen helfen, jeder geht eine Richtung im Radius von fünfzig Metern", schlug der Mann vor. Alle drei gingen verstreut in eine andere Richtung. Max kamen beim Suchen immer häufiger die Tränen. Nach einer Stunde schauten sie sich bestürzt und ratlos an. Kein Laut, keine Spur, keinerlei Anzeichen, wo Nicole sein konnte. Max setzte mit zittrigen Händen und feuchten Augen einen Notruf ab und setzte sich apathisch auf den Boden.

3. Kapitel

Sepp Bierbichler rührte gerade in seinem Kaffee, als er einen Anruf aus Sonthofen bekam. Er war Hauptkommissar bei der Kripo in Kempten. Mit fast dreiundsechzig hatte er nur noch wenige Monate bis zu seiner Pensionierung. Seit seine Frau vor fünfzehn Monaten an Krebs starb, war seine Laune und sein Gemütszustand fast täglich schlecht. Er hatte genug von all den Kriminellen und wollte am liebsten nur noch Angeln gehen, und in den kalten Wintermonaten auf die Kanaren. Bis zum Jahresende musste er aber noch durchhalten.

Als er den Hörer ans Ohr hob vernahm er die sonore Stimme seines Kollegen aus Sonthofen: „Hallo Herr Bierbichler, Manfred Pfeiffer hier."

„Herr Pfeiffer, was verschafft mir die Ehre?", murmelte Bierbichler gelangweilt ins Telefon.

„Es ist wieder eine Frau am Schrecksee verschwunden!"

Bierbichler verschüttete fast seinen Kaffee, den er noch in der anderen Hand hielt. „Was, schon wieder? Das kann doch wohl nicht wahr sein."

Der dritte Fall in den letzten zehn Monaten. Und bei keiner der anderen Verschwundenen war eine Spur vorhanden. Als wären sie verschluckt worden vom See. Der erste Fall wurde letztes Jahr im Juli gemeldet, dann im Oktober und jetzt der dritte.

„Waren ihre Leute schon oben bei der Spurensuche?"

„Ja, wir haben dem Freund der Vermissten bei der Suche geholfen mit vier Bergführern und fünf Polizisten. Keine Spur, wie bei den letzten beiden Fällen."

„Wer war der Begleiter? Und wo wohnt er?"

„Lemper heißt er. Noch bis morgen will er in Bad Hindelang bleiben. Wir haben ihm nichts von den anderen beiden Fällen erzählt. Hier ist seine Nummer."

„Okay Pfeiffer, wir übernehmen. Ich schick unsere Bereitschaft mit Spürhunden rauf und zwei Hubschraubern."

Bierbichler schüttete den Rest seines Kaffees hinunter. Jedes Mal das gleiche Strickmuster. Alle Frauen verschwanden in unmittelbarer Nähe dieses Sees. Keine Laute, keine Spuren, keine Erpressungsversuche. Was lief da ab? Und das noch in den letzten Monaten seiner beruflichen Laufbahn. Womit hatte er das verdient? Vorwiegend musste er sich die letzten Jahrzehnte mit Drogendealern, Vergewaltigern und jugendlichen Gewalttätern rumschlagen. Und jetzt dieser mysteriöse Fall. Nach dem zweiten Verschwinden wurde eine Soko auf Anordnung des Polizeipräsidenten gegründet, die aber kurze Zeit darauf wieder aufgelöst wurde. Weil diese auch keinerlei Erfolg hatte. Ein Wunder, dass er sich mit dem Fall noch weiter auseinander setzen musste oder durfte. Dann informierte er seine neue Kollegin Sandra Hold im Nebenzimmer.

Am nächsten Morgen stiegen die beiden in ihr Dienstfahrzeug, einen 3er BMW und fuhren nach Bad Hindelang. Max Lemper wurde am Abend zuvor über ihren Besuch informiert und erwartete sie bereits um 9.00 Uhr in seiner Ferienwohnung. Er öffnete, und man sah noch seine geröteten, verweinten Augen. Max musterte den vor ihm stehenden leicht untersetzten Mann mit grauem vollem Haar, knapp 1,85 Meter und eine schlanke, attraktive, dunkelhaarige Frau um die dreißig.

„Hold", stellte sie sich in ruhigem Ton vor, „und das ist mein Kollege Bierbichler. Wir müssen Sie zu dem Vorfall leider noch genau befragen."

„Gut, kommen Sie rein und setzen Sie sich. Möchten Sie Kaffee?"

„Gern", sagte Bierbichler und dann nahmen beide auf einer Couch im Wohnzimmer Platz.

Max schenkte ihnen Kaffee ein und erzählte mit

stockender Stimme den ganzen gestrigen Ablauf des Tages.

„Herr Lemper", begann danach Bierbichler vorsichtig. „Ihre Partnerin ist leider nicht die erste, die in den letzten Monaten verschwand. Wir haben bisher keinerlei Hinweise, was mit den Verschwundenen passiert ist. Keine ist bisher wieder gefunden worden oder aufgetaucht. Keine Leiche, gar nichts. Wir zeigen Ihnen jetzt die Bilder der anderen beiden von den letzten zehn Monaten. Sagen Sie uns bitte, ob Sie eine der beiden kennen."

Sandra Hold zog aus ihrer Tasche ein Kuvert, öffnete es, holte fünf Bilder hervor und legte sie Max auf den Tisch. Er nahm die 13 x 18 cm Fotos in die Hand und schaute langsam Bild für Bild an.

„Kenne keine von den beiden", meinte er dann leise. „Noch nie gesehen. Aber eines fällt mir auf."

„Was?", fragte Bierbichler erstaunt.

„Alle haben schon eine gewisse Ähnlichkeit. Sie sind wie Nicole mit rotem braunem Haar, sind attraktiv und ähnlich alt, schätz ich mal. Nicole ist sechsundzwanzig, wie alt sind denn diese beiden?"

„Die eine vierundzwanzig, die andere siebenundzwanzig. Sie haben Recht. Jetzt mit Ihrer Freundin muss man von einem gewissen Strickmuster und eventuell Serientäter ausgehen", meinte die Hold.

„Wurde eigentlich schon mal die Hütte genauer durchsucht?", fragte Max.

„Ja, schon zweimal. Bisher nicht den Hauch einer Spur. Ist Ihre Freundin auch am Ufer gewesen?"

„Wir sind dort nur vorbei gelaufen. Man konnte gar nicht ins Wasser, es trieben dort noch große Eisschollen umher. Wurde denn der See schon mal unter die Lupe genommen?"

„Letzten Oktober nach dem zweiten Fall haben drei Taucher stundenlang den See durchsucht, keine Spuren oder sonst was Auffälliges. Herr Lemper, wir halten Sie auf dem Laufenden, wenn wir neue Erkenntnisse haben. Wir werden jetzt die nächsten Tage auch die Mitarbeiter des E-Werks verhören und auch das gesamte Gebiet oben mit einem großen Team nochmals durchforsten. Keine Angst und Kopf hoch Herr Lemper, wir werden den Fall lösen. Auch wenn diese Aussage Ihnen momentan nichts bringt."

Max sah sie aus seinen geröteten Augen an, und Bierbichler glaubte darin seine Zweifel zu erkennen. Diesen Blick hatte er in seiner Laufbahn schon sehr häufig gesehen.

4. Kapitel

Zehn Tage waren vergangen. Max Lemper saß abends daheim auf seinem Sofa und wartete auf seinen besten Freund Bernd und dessen Frau Yvonne. Die Freunde hatten Folgendes beschlossen: Sie wollten zwei Nächte am Schrecksee verbringen, um selbst weitere Nachforschungen anzustellen. Am Lande, im Wasser und auf der Insel hofften sie, neue Spuren zu finden. Von den bisherigen Ermittlungen war Max schwer enttäuscht, da sie kaum neue Erkenntnisse brachten. Das wollte er so nicht hinnehmen. Vielleicht konnten sie auf eigene Faust mehr in Erfahrung bringen. Und sie hatten ein nicht ungefährliches Experiment vor. Die beiden Damen sollten Lockvogel spielen! Zu Yvonne, der Frau seines besten Freundes Bernd, gesellte sich noch ihre Cousine Carina dazu. Diese hatte ebenfalls eine große Ähnlichkeit mit Nicole. Groß und schlank, rotbraunes Haar, attraktiver sportlicher Typ. Sie wohnte in Kempten und war über alles eingeweiht. Das komplette letzte Wochenende hatten sie diskutiert und beraten, wie sie das am besten bewerkstelligen wollten. Die Polizei hatten sie natürlich nicht über ihr Vorhaben informiert, die würden das mit Sicherheit ablehnen, auch wenn sie es über-wachen konnten. Die Freunde wussten, sollte es einen Serientäter oder Psychopathen geben, der für das ganze verantwortlich war, würden sie sich auf einen lebensgefährlichen Trip begeben.

5. Kapitel

Im Büro der Kripo Kempten herrschte Ratlosigkeit. Trotz intensiver Suche, fast eine Woche lang, keine Spuren am Schrecksee. Bierbichler wusste, dass es nur eine Frage der Zeit war, bis ihm der Fall entzogen wurde. Der Polizeipräsident von Schwaben, Köhler, hatte ihm noch eine kleine Schonfrist gegeben. Jetzt, am siebten Tag seit verschwinden der jungen Frau, musste er kurzfristig Erfolge liefern. Sandra Hold betrat sein Büro. „Chef, eine kleine gute Nachricht. Wir haben am Schrecksee zwei Kleinigkeiten entdeckt, die mit dem Fall was zu tun haben könnten!"

„Und das wäre?"

„Einer unserer Spurensucher hat zwei Dinge gefunden. Einmal eine Objektiv-Kappe für eine Kamera, zum zweiten eine braune Haarklammer. Beides könnte von der Nicole Hanke sein, die zuletzt verschwand."

„Außer andere Wanderer haben es verloren", meinte er. „Wir werden nachher den Lemper anrufen und ihn fragen, ob es von seiner Freundin sein könnte. Und gleich ins Labor wegen den DNA-Spuren."

„Ich hab auch den Chef der Gemeindewerke in Bad Hindelang angerufen. Wir können ihn um 10.00 Uhr aufsuchen."

„Okay, dann fahren wir in einer halben Stunde los." Sie mussten sich intensiver mit den Mitarbeitern der Firma auseinandersetzen.

Die Gemeindewerke Bad Hindelang versorgten fast die Hälfte ihrer Haushalte mit dem Strom der Ostrachwerke. Im Hintersteiner Tal sammelt sich unendlich viel Wasser. Das Tal ist weit und die Berge bis fast 2600 m hoch. In den 50er Jahren begann man deshalb, die enormen Wassermengen mit mehreren Wasserwerken sinnvoll als Energiequelle zu gewinnen. Das Wasser des Schrecksees zählt auch dazu. Das kostbare Nass fließt über den Taufersbach ins Tal abwärts und mündet in die Ostrach.

Nach einer dreiviertel Stunde Fahrt standen Hold und Bierbichler am Parkplatz der E-Werke im Ortsteil Bad

Oberdorf, wo auch die Verwaltung war. Sie klingelten und wurden von der Empfangsdame ins Büro des Geschäftsführers gebracht. Ein Mann mit Halbglatze stand auf und kam ihnen entgegen.

„Ah, die Herrschaften von der Kripo! Grüß Gott miteinander. Kohler, mein Name."

„Hauptkommissar Bierbichler und das ist meine Kollegin Hold", schallte es zurück. „Danke, dass Sie sich die Zeit nehmen konnten. Sie wissen ja, warum wir hier sind, oder?"

„Ja, klar. Mittlerweile stehts ja nicht nur in der Allgäuer Zeitung, sondern auch im Blatt mit den vier großen Buchstaben. Nur eine Frage der Zeit, dann wird's vermutlich im Fernsehen kommen."

„Das ist auch gut so Herr Kohler", antwortete die Hold, „bisher konnte man das Fehlen von zwei Frauen noch als Zufall abtun, aber damit ist jetzt Schluss. Soviel Zufälle gibt es nicht mehr. Wir müssen ernsthaft davon ausgehen, dass ein Kranker oder Killer unterwegs ist."

„Mein Gott, Sie machen mir ja Angst. Und sowas im kleinen beschaulichen Bad Hindelang. Wer sollte so was tun?"

„Wenn wir das wüssten, wären wir nicht hier", machte Bierbichler weiter. „Wir müssen jetzt alle Möglichkeiten in Betracht ziehen. Dazu gehört auch, dass wir Ihre Mitarbeiter verhören. Nicht alle, aber zumindest die, die mit dem Kraftwerk oben am See was zu tun haben. Wie viele sind das?"

„Nur drei, die sich immer wieder laut Schichtplan abwechseln. Am Wochenende und am Mittwoch ist generell nie jemand oben am Stauwerk."

„Gut, schreiben Sie uns bitte die Namen und Anschriften dieser drei Herren auf. Wir werden sie daheim aufsuchen. Bitte sagen Sie den dreien nichts davon, wir wollen sie daheim überraschen", sagte Bierbichler und sah ihm in die Augen.

„Na, die werden sich bestimmt freuen. Kein Problem, ich sags meiner Sekretärin, die gibt's Ihnen mit."

Sandra Hold hakte nach: „ Ist Ihnen an einem der drei Männer in den letzten Monaten irgendwas besonders aufgefallen? Oder war mal einer längere Zeit krank?"

„Der Feneberg fiel mal letzten Herbst drei Wochen aus, wegen Bandscheibenvorfall. Aber sonst nichts Besonderes. Alle machen ihre Arbeit seit Jahren weitestgehend korrekt, da gibt's selten ein Problem."

Bierbichler glaubte ein kleines Flackern in seinen Augen zu erkennen. Sagte der Mann die Wahrheit?

„Gut, das war's dann fürs erste Herr Kohler. Sollte Ihnen noch irgendwas einfallen, was uns weiterbringen könnte, rufen Sie uns bitte an. Hier unsere Karten."

Bierbichler legte ihm zwei Visitenkarten auf den Tisch, dann standen beide auf und gaben ihm die Hand. Nachdem sie den Zettel mit den Adressen bekommen hatten, verabschiedeten sie sich und gingen zum Auto.

„Frau Hold, geben Sie gleich im Büro mal die drei Namen an die Kollegen vom Dienst weiter. Sie sollen sofort überprüfen, ob wir über einen was in den Akten haben. Auch von dem Kohler möchte ich eine Überprüfung."

Dann fuhren sie los. Einer der drei Kandidaten hatte heute frei und den wollten sie jetzt gleich spontan aufsuchen.

6. Kapitel

Am Freitagmorgen starteten Max, Bernd und Yvonne zu ihrem Trip ins Allgäu. Die Donaustadt Ulm lag in einer dichten Nebelglocke, als sie losfuhren. In Kempten wollten sie dann die Vierte im Bunde abholen. Für die Alpenregion wurde bestes Wanderwetter prognostiziert mit Temperaturen in Tallagen bis dreißig Grad, auf 2000 m um die zwanzig Grad. Also ideal für ihr Vorhaben, am Schrecksee zu übernachten. Carina nahm zusätzlich noch jemand mit, ihren Schäferhundmischling „Reno". Der vierjährige Rüde ging gern mit ins Gebirge und war schon häufig dabei, wenn sie auf Tour war. Nach sechzig Minuten erreichten sie Kempten und holten Carina von ihrer Wohnung im Ortsteil Eich ab.

„Und alles klar?", fragte Bernd, als er den Rucksack von ihr in seinem VW Passat Variant verstaute und sie herzlich begrüßte.

„Soweit schon, aber ob es richtig war, der Polizei nichts von unserem Vorhaben zu sagen?"

„Ich habe noch drei weitere Leute in das Vorhaben eingeweiht", meinte Bernd. „Meinen Eltern und meinem Freund Robert hab' ich alles erzählt, falls irgendwas passieren sollte. Aber mit deinem Hund und euch zwei fitten, mutigen Mädels sind wir gut gewappnet. Wir haben ja auch noch Jagdmesser, Pfefferspray und diverses Werkzeug dabei. Also sollt' sich wirklich jemand zu nah an uns ran trauen, wird ihm das schlecht bekommen!"

„Na dein Wort in Gottes Ohr. Dann sollte ja nix mehr schiefgehen."

Dann fuhren sie los bei mittlerweile wolkenlosem, sonnigem Traumwetter. Sie hatten bewusst eine andere Ferienwohnung genommen, sonst bestünde womöglich die Gefahr, dass die Vermieter der letzten Wohnung die Polizei über die Aktion informieren würde. Das wollten sie nicht riskieren und nahmen eine Wohnung direkt im Ortsteil Hinterstein, wo sie gleich loslaufen konnten. Bernd weihte sie gleich in ihren Tagesablauf ein:

„Also, wir werden gegen 11.00 Uhr an unserer Wohnung sein. Dann quartieren wir uns ein und können noch eine kleine Pause machen und einen kurzen Abstecher zu den Wasserfällen. Die liegen oberhalb von Hinterstein. Gegen 16.00 Uhr nehmen wir dann den letzten Bus zum E-Werk und laufen los zum See hoch."

„Und dann schlagen wir die Zelte auf und essen?", fragte Yvonne.

„Ja, Brotzeit haben wir ja genug dabei", antwortete Max. „Wir haben uns auch bewusst gegen Lagerfeuer und grillen entschieden. Das würde zu viel Aufmerksamkeit erregen. Es kann durchaus sein, dass die Polizei durch einen oder einige Zivilpersonen oben, irgendwelche Beobachtungen anstellt. Wer weiß, was die für Maßnahmen getroffen haben."

Als sie gegen Mittag in Hinterstein eintrafen, zeigte die Temperaturanzeige im Auto 31 Grad. Kaum ein Lüftchen verschaffte Abkühlung. Aufgrund der Hitze verzichteten sie auf den Ausflug zu den Hintersteiner Wasserfällen und verbrachten die nächsten Stunden lieber auf dem schattigen, großen Balkon ihrer Wohnung. Kurz vor vier machten sie sich dann mit ihren großen Rucksäcken auf zum Wanderparkplatz, der nur knapp achtzig Meter von ihrer Wohnung entfernt lag. Bevor sie einstiegen, gab Max als „Leader" letzte Anweisungen: „Also, wir machen es so, wie gestern besprochen. Bernd und Yvonne, ihr lauft beim Ausstieg gleich los. Ich und Carina lassen uns noch ein bisschen Zeit und laufen zehn Minuten später los. Damit es auch wirklich so wirkt, als ob wir nicht gemeinsam nach oben gehen. Wir halten nur so großen Abstand, dass wir auf Sicht – und Hörweite der anderen sind."

„Alles klar Chef", gab Carina amüsiert zurück.

Dann kam der Bus und sie stiegen ein. Wie nicht

anders von der Gruppe erwartet, waren sie die einzigen, die zustiegen. Die anderen Gäste kamen entweder zurück von ihrer Tour oder hatten aufgrund der Hitze ganz darauf verzichtet, zu wandern. Als sie am E-Werk ausstiegen, hatte die Temperatur etwas abgenommen. Wie sie vereinbart hatten, liefen Bernd und Yvonne zuerst los. Carina, Max und Reno ließen sich viel Zeit, und die beiden lasen die Hinweise zum Schrecksee und der Stromgewinnung an der Vorderseite des Werkgebäudes. Reno mussten sie bremsen, da er den anderen beiden sofort hinterher springen wollte.

Sieben bis acht Minuten nach den anderen gingen sie los. „Schätze, das Wasser wird jetzt auch zwischen zwölf und vierzehn Grad oben haben. Es hat ja jetzt schon seit einer Woche diese hochsommerlichen Temperaturen", meinte Max während des Gehens. „Na ja, zum baden immer noch saukalt", meinte Carina. „Gut, dass wir uns diese Surfanzüge ausgeliehen haben."

Auf Anregung von ihr und weil sie ja unbedingt auf die Insel wollten, hatten sie sich von einem Sportgeschäft vier Surfanzüge ausgeliehen. Dem Hund würden die frischen Wassertemperaturen weniger ausmachen. Er liebte das Wasser und hatte ein kräftiges Fell. Aufgrund der großen, schweren Rucksäcke sah es so aus, als würden sie eine Alpenüberquerung machen.

Die Zelte nahmen über die Hälfte des Platzes ein. Anfänglich sahen sie nicht viel von den anderen beiden, da das erste Drittel viel im dichten Wald war. Am kleinen Stausee angekommen, machten sie eine kurze Pause und der Hund konnte sich schon mal eine kleine Erfrischungspause im Wasser gönnen. Dann liefen sie weiter und sahen nach dem letzten Waldstück die anderen beiden, gut einen Kilometer vor sich. Die Pfade entlang des Taufersbaches waren gut zu übersehen, so dass sie jetzt auch einige andere Wanderer sahen, die aber alle abwärts liefen. Nach gut zwei Stunden war Max erfreut, als er den großen Höhenrücken sah, der einen Kilometer vor dem See lag.

„Gott sei Dank, der ganze Schnee ist abgeschmolzen", sagte er zu Carina. „Hier standen wir vor zehn Tagen noch knöcheltief im Schnee. In fünfzehn bis zwanzig Minuten werden wir vor dem See stehen."

Im Gegensatz zu Bernd und Yvonne war Carina zum ersten Mal auf dieser Route. Sie war mehr Mountainbikerin als Wanderin, verfügte aber über eine exzellente Kondition. Eine Viertelstunde später war es dann soweit, das türkisblaue Wasser des Sees mit der atemberaubenden Bergkulisse lag vor ihnen.

„Ein wahrhaft paradiesischer Anblick", meinte Carina aufgrund des grandiosen Panoramas.

Wegen der Vorkommnisse befiel Max ein flaues Gefühl

im Magen. Hier war seine geliebte Nicole verschwunden. Lohnte sich der ganze Aufwand, den sie hier jetzt betrieben?, fragte er sich und musste mit den Tränen kämpfen. Carina merkte, dass ihm das zu schaffen machte. „Da oben an der Materialseilbahn sind die anderen", sagte sie, um ihn gleich wieder abzulenken.

„Ich seh's, das ist auch die Ecke gewesen, wo Nicole verschwand", antwortete er und wischte sich den Schweiß von der Stirn. Reno sprang gleich freudig erregt zum Ufer und hechtete regelrecht ins Wasser. Es war jetzt kurz nach 18.00 Uhr und die glutrote Sonne war hinter dem steinernen Bergkamm des Sees verschwunden. Außer ihnen sahen sie noch eine kleine Gruppe von drei jungen Leuten, die gerade beim Aufbruch waren. Vermutlich hatten sie eine längere Pause am See gemacht.

„Gehen wir zu den anderen beiden rauf zur Anhöhe und suchen uns vierzig Meter daneben einen schönen Liegeplatz", sagte Max und winkte ihnen oben schon mal zu. Wie sie lang und breit besprochen hatten, sollte es für „Außenstehende" den Anschein haben, als ob sie getrennt voneinander liefen und sich nur zufällig „entdeckt hatten". Sollte es hier wirklich einen Irren geben, wollten sie einen völlig natürlichen, unbedarften Eindruck machen. So, als ob keiner von ihnen wüsste, was hier die letzten Monate

Mysteriöses geschehen war.

„Reno, komm!", rief Carina ihren Hund zu sich. „Nehmen wir das ebene Hangstück, rechts von der Hütte. Dann sind wir in guter Sicht zu den anderen", meinte sie und deutete mit ihrer Hand zu besagter Stelle. Dann gingen sie auf die Hanganhöhe und der Hund sprang übermütig hinterher. Sie legten ihr Gepäck ab und holten ihr Zelt raus. Sie sahen, dass die anderen beiden sich auch schon eifrig mit dem Aufbau beschäftigten. Da es nicht ihr erster Trekkingtag war, hatten sie aber schon eine gewisse Routine. Eine viertel Stunde später, standen beide Zelte im Abstand von gut vierzig Metern auseinander. Eines links von der Hütte, das andere genau gegenüber. Als es eine Stunde später langsam dunkel wurde, gingen Bernd und Yvonne zu den anderen beiden. Ein gemeinsames Abendessen war schon geplant. Von Hartwurst, Paprika, Landjäger, Käse und sogar Rotwein, war alles da, was den Wandermagen so erfreuen konnte. Sie schlemmten, tranken, erzählten sich Geschichten und versuchten, sich gegenseitig Mut zu machen.

„So", begann Bernd einige Stunden später, „jetzt hab ich die nötige Bettschwere. Gehen wir rüber in unser Zelt Yvonne?"

„Ja klar", meinte sie „sonst schlaf ich hier bei den beiden noch ein. Ist ja auch schon fast halb zwölf. Hoffentlich können wir gut schlafen und der böse Wolf besucht uns nicht", meinte sie in einer Mischung aus Ironie und Sarkasmus.

„Okay, also wer zuerst wach ist und nicht mehr schlafen kann, macht das Frühstück für alle, oder?", fragte Carina und gähnte.

„Abgemacht", antwortete Yvonne. „Dann schlaft gut und träumt schön ihr beiden, äh... ihr drei wollt ich sagen. Will ja Reno nicht vergessen."

Keiner von ihnen ahnte, dass es eine sehr kurze, schlaflose Nacht werden würde.

7. Kapitel

Der erste „Kandidat", den die Kommissare Bierbichler und Hold aufsuchten, war Gerhard Feneberg in Bad Hindelang. In der Jochstraße angekommen, parkten sie vor einem rustikalen Holzhaus, wie es in dem kleinen Kurort viele gab. Sie schauten, ob die Hausnummer stimmte und sahen am Klingelschild des Zweifamilienhauses, dass es zwei „G. Feneberg" gab.

Sie läuteten auf Verdacht zuerst am unteren Klingelschild. Wenige Sekunden später öffnete eine korpulente Dame Anfang fünfzig die Tür. „Hallo, Grüß Gott. Sie wünschen?", fragte sie mit etwas gereiztem Ton.

„Kripo Kempten!", sagte Bierbichler und hob ihr den Ausweis auf Nasenhöhe vor's Gesicht. „Bierbichler mein Name, und das ist meine Kollegin Hold. Wir würden Sie gern kurz sprechen, bzw. Ihren Mann. Ist er da? Laut Auskunft seines Arbeitgebers hat er ja heute Schichtfrei."

„Ja, er hat frei, ist aber gerade beim Sparladen. Er müsste aber in ungefähr zehn Minuten wieder kommen. Was wollen Sie denn von ihm?"

„Wie Sie sicherlich wissen, gibt es seit Monaten mysteriöse Fälle von verschwundenen Frauen am Schrecksee. Da er bei den Gemeindewerken arbeitet, die auch für die Wasserkraft am Schrecksee zuständig ist, haben wir einige Fragen an ihn", sagte die Hold. „Er ist ja berufsbedingt sehr häufig am See."

„Sie glauben doch wohl nicht, dass er damit was zu tun hat?"

„Frau Feneberg, wir müssen eine Reihe von Leuten befragen, dazu zählt nun mal auch Ihr Mann", entgegnete ihm die Hold. „Ist Ihnen an ihm die letzten Monate irgendwas Merkwürdiges aufgefallen?"

„Nein, überhaupt nicht. Das sind zwar sehr unheimliche Fälle, aber er hat damit bestimmt nix zu tun. Er ist selbst schockiert über diese Vorfälle. Mein Mann ist lammfromm und ein guter Mensch, damit hat er bestimmt nichts zu tun."

Ja sicher, und ich bin der Erzengel Gabriel, dachte sich Bierbichler als er das hörte. Wie oft war er in den letzten Jahrzehnten bei solchen Gesprächen wohl angelogen worden?

„Vielleicht ist ihm ja was Sonderbares aufgefallen, dem er keine große Bedeutung schenkte? Sagt ja keiner, dass wir Ihren Mann verdächtigen", versuchte die Hold sie zu beruhigen.

„Ich hab mich mit meinem Mann öfter über die Sache unterhalten" erwiderte sie, „aber er kann sich das genauso wenig erklären wie die meisten anderen auch. Gibt's denn keine Spuren?"

„Wir haben was gefunden, deshalb müssen wir auf Ihren Gatten warten", sagte Bierbichler. Er merkte, dass sie immer nervöser wurde. Sie knetete mit ihren Händen und wich seinem Blick aus. In diesem Moment ging die Tür auf und ein vollbärtiger Mann Mitte fünfzig betrat das Zimmer. Er starrte beide entgeistert an.

„Grüß Gott, haben wir jemand zum Essen eingeladen, von denen ich noch nichts weiß?", fragte er mit grimmiger Stimme und Blick.

„Gerhard, die beiden sind von der Kripo Kempten. Sie wollen dich befragen wegen den Vorfällen am See die letzten Monate."

„Grüß Gott Herr Feneberg", begann Sandra Hold. „Wie Ihre Frau schon sagte, geht's um das Verschwinden der Frauen. Wir brauchen auch Ihre Hilfe zur Aufklärung."

„Hilfe? Wie kann ich Ihnen helfen? Ich hab' nichts gesehen oder gehört. Mir ist das ganze auch schleierhaft."

„Und Ihnen ist die vergangenen Monate nie was Merkwürdiges aufgefallen, oder vielleicht eine Person, die sehr häufig oben war?"

„Nein", antwortete er gereizt, „außerdem hab ich schon alles der PI Sonthofen erzählt. Gibt's denn sonst keine Spuren?"

„Doch", antwortete die Hold. „Das ist auch ein Grund unseres Besuches. Wir benötigen von Ihnen eine DNA-Probe."

Bierbichler beobachtete die Gesichtsausdrücke des Ehepaares. Er glaubte, großes Unbehagen bei den beiden festzustellen.

In diesem Moment ging die Tür auf. Ein kräftiger, großer, junger Mann, vielleicht Ende Zwanzig trat herein. „Mama, wenn gibt's endlich was zum Essen? Ich hab Hunger!" Als er die sitzenden Bierbichler und Hold sah, stieß er nur ein kurzes „Hallo" hervor.

„In einer halben Stunde Gustl", antwortete seine Mutter. „Die Herrschaften wollten eh gleich gehen."

Die beiden bemerkten, dass dies eine indirekte Aufforderung zum Rausschmiss war.

„Okay Mama, dann komm ich in einer viertel Stunde wieder", antwortete der etwas sonderbar wirkende junge Mann.

„Das war unser Sohn, der über uns wohnt. Er ist seit Geburt geistig etwas behindert und isst immer bei uns", klärte die Feneberg auf.

„Arbeitet er?", wollte Bierbichler wissen.

„Er ist in einer großen Werkstätte für Behinderte in Kempten. Dort hat er auch eine Ausbildung gemacht als Feinmechaniker", antwortete sie.

„Schön", meinte die Hold, der nichts anderes dazu einfiel.

„Letzte Frage noch Herr Feneberg", hakte Bierbichler nach. „Wie verstehen Sie sich eigentlich so mit Ihren anderen Arbeitskollegen?"

Feneberg musterte ihn argwöhnisch und antwortete: „Gut, der ein oder andere geht einem schon mal auf den Wecker. Aber im Großen und Ganzen geht's so.

Sonst hätt' ich`s bestimmt keine achtundzwanzig Jahre bisher ausgehalten. Ich bin siebenundfünfzig, sieben Jahre werde ich`s hoffentlich noch schaffen."

„Gut, das war's dann für heut, wir wollen Sie nicht länger vom Essen abhalten. Vergessen Sie nicht den Besuch auf unserer Dienststelle. Sie können die Probe auch in Sonthofen abgeben, aber bitte die nächsten achtundvierzig Stunden", sagte Bierbichler mit jetzt eindringlicher Stimme.

Dann standen er und seine Kollegin auf. „Na dann noch viel Erfolg und schönen Tag noch", gab die Feneberg zum Schluss von sich. Ihr Mann ging zum Kühlschrank, holte sich ein Bier und rief ein knappes „Servus" hinterher.

Als die beiden im Auto saßen, fragte er die Hold: „Und liebe Kollegin, was halten Sie von der ehrenwerten, netten Familie?"

„Schwer zu sagen, vielleicht sind sie ja immer so. Auf dem Land leben vermutlich häufiger etwas sonderbare Personen. Aber ich komm ja aus Augsburg, vielleicht kennen sie die Allgäuer Mentalität ja besser!?"

„Na, ganz sauber sind die mal nicht", meinte er. „Aber machen wir weiter, wenn wir grad so schön in Fahrt sind. Fahren wir nach Vorderhindelang, da wohnt der nächste Kandidat."

8. Kapitel

Es war tief in der Nacht, der Wind pfiff um das Zelt, als Max wach wurde. Er hörte das Knurren ihres vierbeinigen Freundes Reno. Der Hund schlief unmittelbar vor ihrem Zelteingang. Carina schlief tief und fest. Er öffnete den Zelteingang und sah, wie der Hund unruhig hin- und herlief. Hatte er etwas Verdächtiges gehört? Es konnte natürlich auch nur ein Tier sein, das er roch.

„Was ist denn los?", fragte Carina, die jetzt auch wach geworden wahr.

„Keine Ahnung, der Hund hat irgendwas gehört. Vielleicht hat er nur Wild, Fuchs oder Hase wahrgenommen. Die sind auf dieser Höhe unterwegs, wir sind ja unmittelbar an der Waldgrenze."

Er schnappte sich seine große Taschenlampe und zog eine Stirnlampe über den Kopf. Dann stand er auf und ging aus dem Zelt.

„Warte, ich komm mit", rief ihm Carina zu. Sie kroch aus ihrem Schlafsack und zog auch eine Stirnlampe an. Dann griff sie zu ihrem Messer und befestigte es an ihrem Gürtel.

„Reno, was ist los? Hast du was gehört?" Als ob der Hund jedes Wort verstand, bellte er kurz.

„Sollen wir zum Zelt von Bernd und Yvonne gehen, ob da alles in Ordnung ist?", fragte Carina.

„Ja, machen wir. Reno komm!" Der Hund wollte eher entgegengesetzt laufen und folgte nur zögerlich. Sie hatten beide, auch ihre Freunde, leuchtstarke Stirnlampen dabei, die sie immer auf größeren Touren mitnahmen. Mit langsamen Schritten näherten sie sich dem Zelt von den anderen beiden, das sich vierzig Meter entfernt befand. Als sie unmittelbar vor dem Zelt standen, rief Max: „Bernd, Yvonne! Alles okay bei euch?"

Schlaftrunken meldete sich Yvonne: „Ja, alles in Ordnung." Habt ihr was Verdächtiges gehört?"

„Wir nicht, aber der Hund ist sehr unruhig. Wo ist er eigentlich?"

„Reno!", schrie Carina. Sie drehten ihre Köpfe und leuchteten mit den Lampen den Radius von fünfzig Meter ab. Der Hund war weggesprungen.

"Reno!", brüllte Bernd nun deutlich lauter. Da hörten sie ihn laut bellen, er musste oberhalb der Hütte auf dem großen Wiesenhügel sein.

„Reno, komm her!", schrie Bernd erneut. Der Hund gehorchte nicht, bellte dafür umso wilder. Bernd griff an seine Seitentasche und überprüfte, ob auch er sein Messer am Gürtel hatte. Etwas beruhigend fühlte er es an der Hand.

„Max, Carina, wir bleiben zusammen und laufen zur Hütte hoch. Er ist unmittelbar über ihr."

Im großen weiten Lichtkegel ihrer vier Stirnlampen liefen sie nebeneinander auf die Hütte zu. Der Hund bellte jetzt unaufhörlich und knurrte. Auf einmal glaubte Yvonne, einen Schatten zu sehen und brüllte: "Da läuft jemand, ich hab was gesehen!"

Alle vier spürten, dass sich Unbehagen und Angst unter ihnen breit machte, obwohl sie zu viert waren.

„Hallo, kommen Sie raus!" Jetzt sah auch Max was. „Wir sind bewaffnet!"

Bernd leuchtete mit dem Schein seiner großen Taschenlampe auf die Hütte. Auf einmal hörten sie Schreie! Jemand schrie vor Schmerzen.

„Hilfe! Au verdammt, haltet den Hund zurück!" Eine dunkle Männerstimme brüllte in den klaren Nachthimmel.

„Kommt Leute, schnell weiter, Reno hat jemand gefasst", rief Bernd aufgeregt.

Eng beieinander erreichten sie die Hütte und sahen im Lichtschein ihrer Lampen, dass fünf Meter hinter der Hütte ein Mann am Boden lag.

„Bitte nehmt den Hund weg! Er hat mir in die Wade gebissen!"

Bernd trat heran, packte den Hund am Halsband und riss ihn zurück. Auf dem Rücken lag im Gras ein Mann Ende vierzig mit angsterfüllten Augen.

„Was machen Sie hier mitten in der Nacht?", fragte ihn Max.

Alle vier standen im Halbkreis um den am Boden liegenden Mann. Bernd und Max hielten ihre Messer in den Händen.

Mit schmerzverzerrter Stimme kam die Antwort: „Ich such doch nur meine Tochter. Wir gingen den Jubiläumsweg und haben hundert Meter von hier eine Zwischenübernachtung gemacht. Als ich nachts aufwachte, war sie auf einmal nicht mehr an meiner Seite!"

9. Kapitel

Bierbichler und Hold parkten mit ihrem Dienstwagen am Ortsende von Vorderhindelang, einem weiteren kleinen Ortsteil kurz vor Bad Hindelang. Hier wohnte Richard Engler, ein weiterer Angestellter der Gemeinde, der regelmäßig am Schrecksee war. Sie sahen schon beim Ausstieg, dass die Blicke eines Mannes sie taxierten, der auf einem Balkon stand. Sandra Hold rief auf Verdacht zu ihm rauf: „Herr Engler?"

Treffer. „Ja", schallte es zurück. „Was kann ich für Sie tun?"

Bierbichler hob nur kurz seinen Dienstausweis hoch. „Wir sollten Sie kurz mal sprechen."

Obwohl Engler gar nicht erkennen konnte, um welchen Ausweis es sich handelte, rief er runter: „Ich drück auf den Summer, kommen Sie hoch in den zweiten Stock." Wahrscheinlich sahen sie schon aus wie von der Polizei, dachte Sandra Hold, als sie an der Tür standen. Als der Türsummer ertönte, drückten Sie auf und liefen eine schmale Treppe hoch. Es war ein neues Dreifamilienhaus in ruhiger Ortsrandlage.

„Kripo Kempten. Das ist die Kollegin Hold, meine Name ist Bierbichler", sagte er und sah in das Gesicht eines graumelierten Mitvierzigers.

„Dacht ich mir schon", sagte Engler und bat sie freundlich in sein Wohnzimmer. „Sie kommen bestimmt wegen der neuerlich Vermissten vom See?"

„Korrekt Herr Engler", bestätigte die Hold. „Wir wissen, Sie wurden auch schon vor Monaten befragt, nach dem zweiten Verschwinden. Da wir diesmal was gefunden haben, müssen wir alle bitten, eine DNA-Probe abzugeben, die als Mitarbeiter mit dem Wasserwerk was zu tun haben."

„Alle fünfunddreißig Mitarbeiter der Gemeindewerke?"

„Nein, vorerst nur Sie und Ihre zwei anderen Kollegen, die regelmäßig am See oben sind."

„Kein Problem", meinte er, „ich hab ein reines Gewissen."

„Na wunderbar, dann können Sie bestimmt kurz auf die PI Sonthofen die nächsten 48 Stunden gehen. Die wissen dort Bescheid, Sie können zwischen 8.00 und 20.00 Uhr kommen."

„Möchten Sie was zum trinken?", unterbrach er sie.

„Gern, zwei Mineralwasser", sagte Bierbichler ohne seine Kollegin zu fragen. „Wie kommen Sie denn eigentlich so mit Ihren Kollegen klar? Verstehen Sie sich gut mit Feneberg und Herrn Steiner?"

Engler stellt zwei Gläser auf den Tisch und meinte: „Es geht so, jeder hat halt so seine Besonderheiten. Mit Steiner versteh ich mich besser, den seh ich auch ab und zu mal auf ein Bier. Bei dem Feneberg ist es anders, der liegt nicht grad auf meiner Wellenlänge."

„Wie meinen Sie das?", hakte Bierbichler nach.

„Na ja, er ist schon ein sonderbarer Kauz, sehr eigensinnig und eigenbrötlerisch."

„Würden Sie ihm ein Verbrechen zutrauen?", wurde die Hold direkt.

„Schwierig zu sagen, man sieht ja in keinen rein. Ich hab nur einmal mitbekommen, wie er ziemlich ausgerastet ist."

„Wo denn?"

„Das war vor zwei Jahren auf unserer Weihnachtsfeier vom Betrieb aus. Wir hatten den Nebenraum im Kurhaus gemietet. Als es am späteren Abend etwas feuchtfröhlicher wurde, um es vornehm auszudrücken, kam es zum Streit mit einem anderen Kollegen."

„Weswegen denn?"

„Der Lechner hatte sich in seiner Bierlaune über seinen Sohn Gustl lustig gemacht. Da sind dem Feneberg die Sicherungen durchgebrannt. Er hat ihm mit der Faust eine auf die Nase gedonnert. Die war gebrochen, der Kollege Lechner war dann auch eine Woche krankgeschrieben deshalb. Feneberg bekam eine Abmahnung von der Firma, seitdem ist er noch komischer."

„Kennen Sie seinen Sohn oder seine Frau persönlich?", wollte die Hold wissen.

„Nur vom Sehen, die sind aber im ganzen Ort bekannt. Der Gustl ist ja geistig behindert. Hatte auch schon mal Ärger mit dem Gesetz."

„Weshalb?"

„Da möchte ich jetzt nicht näher darauf eingehen. Ich kann Ihnen aber einen Tipp geben, da erfahren Sie es konkret aus erster Hand."

„Na da bin ich aber gespannt", wurde Bierbichler hellhörig. „Bei wem denn?"

„Suchen Sie mal einen Psychiater namens Muthmann in Sonthofen auf. Der betreut den Gustl seit frühester Kindheit. Er erzählt Ihnen dann detailliert, was da so alles abging. Halten Sie aber bitte meinen Namen da raus. Ich will nicht als der Buhmann oder Verräter dastehen."

„Keine Sorge, machen wir nicht", beruhigte ihn die Hold. „Wir hätten das über kurz oder lang sowieso herausgefunden."

„Und sonst irgendwas am See, was Ihnen die letzten Monate verdächtig vorkam?"

„Eigentlich nicht. Von Mai bis Oktober waren zwei Typen sehr häufig oben, die sind aber harmlos. Die kenne ich vom sehen. Das sind zwei Bergläufer, die auf dieser Route von Hinterstein regelmäßig trainieren. Ansonsten nichts wo von Bedeutung wäre."

„Wunderbar, das war es dann vorerst", sagte Bierbichler. „Achten Sie bitte sehr genau darauf, was sich oben am See so abspielt. Nur mit Augenzeugen kriegen wir den Täter schneller. Vielen Dank vorerst."

Dann verabschiedeten sie sich und fuhren kurz nach 18.00 Uhr zum Letzten auf der Liste nach Sonthofen.

10. Kapitel

Es war um vier Uhr morgens als sich die beiden Pärchen und der „ungebetene" Gast am Seeufer des Schrecksees zusammensaßen. Der Mann hieß Martin Kling und war mit Tochter und Frau im Tannheimer Tal für eine Woche im Urlaub. Carina hatte ihm vom Biss des Hundes die Wade verbunden. Er war geschockt und kreidebleich. „Wir wollten von der Landsberger Hütte im Tannheimer Tal zum Prinz-Luitpoldhaus laufen. Jasmin hatte nach vier Stunden muskuläre Probleme. Deshalb haben wir beschlossen, hier in der Nähe vom See zu übernachten."

„Hast du nicht gehört oder gelesen, dass hier vor knapp elf Tagen eine Frau verschwunden ist, nämlich meine Partnerin?", fragte ihn Max.

„ Wir sind erst vorgestern angereist und bei uns im Rheinland stand nirgends was in der Zeitung. Ins Internet schauen wir auch nicht so oft."

Max klärte ihn über die Fälle in den vergangenen Monaten auf. „Aber eines muss man festhalten: Öffentlich gemacht wurde das ganze hier erst, als Nicole verschwand. Wir hatten nämlich zuvor auch nichts über das Verschwinden der anderen beiden gehört. Ich glaube, dass das bewusst nicht öffentlich gemacht wurde, um die Touristen nicht zu verschrecken. Das ist bestimmt abgesprochen zwischen Tourismusverband und Polizei."

„Ja, das glaube ich auch. Sehr sonderbar, dass das nicht publiker gemacht wurde", meinte Kling. „Wir sollten weiter suchen, ich weiß gar nicht was ich meiner Frau erzählen soll. Die kriegt einen Schock."

„Hast du ein Bild von ihr auf dem Handy?", fragte ihn Yvonne.

„Ja klar, schaut sie euch an." Er zog sein Smartphone aus der Tasche und zeigte Bilder von Jasmins Gesicht.

„Wieder der gleiche Typ Frau, wie die anderen", meinte Bernd, nachdem er die Bilder sah. „Braunes Haar, Mitte zwanzig, attraktiv und vital. Die Frauen, die hier spurlos verschwinden, sind alle vom ähnlichen Typ. Das kann kein Zufall sein, jemand sucht sich bewusst so einen Typ aus. Da steckt ein System dahinter."

„Aber was soll das bringen, hier oben", fragte Kling verzweifelt. „Werden Sie verschleppt oder umgebracht? Das macht doch alles wenig Sinn."

„Es gab schon viel gestörtere Killer oder Psychopathen mit irrwitzigeren Motiven", meinte Max. „Aber wenn wir mehr rausfinden, kommt bestimmt auch mehr

Logik in dieses Spiel."

„Also ich suche noch weiter, ich kann so nicht schlafen", sagte Kling und stand auf.

„Okay, wir suchen noch eine halbe Stunde mit, vielleicht findet Reno eine Spur. Hast du uns eigentlich nicht gehört oder gesehen?", fragte Bernd. „Ihr habt doch dort oben nicht weit von uns genächtigt?"

„Doch, wir haben euch schon gehört und gesehen, aber uns nichts dabei gedacht. Es ist ja nichts ungewöhnliches, wenn jemand in einer lauen Sommernacht am See schläft."

Alle fünf suchten mit ihren Scheinwerfern das Gebiet im Radius von zweihundert Metern ab. Immer wieder schrie Kling und auch die anderen nach dem Namen der verschwundenen Jasmin. Der Himmel war sternenklar und es wehte ein laues Lüftchen. Der dunkel schimmernde See wirkte jetzt düster.

Auf einmal schrie Carina: „Kommt mal alle her! Reno hat was gefunden." Sie versammelten sich um sie und den Hund. Er hatte was Rotes im Maul. „Reno lass los", rief Carina und griff in sein Maul.

„Ein rotes Stirnband! Ja das ist von ihr, das hat sie getragen!", rief Kling ganz aufgeregt.

„Das hat er hier am Ufer entdeckt", sagte Carina. „Aber jetzt ins Wasser zu gehen ist Blödsinn, wir sehen ja nichts."

„Ich würde vorschlagen, wir legen uns jetzt alle hin und schlafen noch ein paar Stunden", meinte Bernd. „Dann werden wir am hellen Vormittag weitersuchen und auch auf die Insel schwimmen."

„Ich werde noch weitersuchen", sagte Kling fast trotzig. „Ihr könnt euch ja hinlegen."

Alle außer ihm gingen zu ihren Zelten und legten sich hin. Er irrte noch verzweifelt, fast blindlinks in der Gegend umher, bis auch er vor lauter Erschöpfung ins Gras sank und schlief.

11. Kapitel

Letzter Besuch am Freitagabend der beiden Kommissare. Herbert Steiner war der dritte auf ihrer Liste, wohnhaft in Sonthofen. Im Vorfeld hatten sie bereits einige Informationen von ihrer Dienststelle bekommen. Steiner war Mitte Vierzig und seit neun Jahren bei den Gemeindewerken beschäftigt. Er kam vor elf Jahren aus Thüringen ins Allgäu, war seit vier Jahren geschieden und hatte einen Sohn, der bei seiner Exfrau in Immenstadt lebte. Er wohnte in einem großen Wohnblock im Ortsteil Altstädten bei Sonthofen. Sie steuerten ihr Dienstfahrzeug kurz vor 19.00 Uhr in die Hinanger Straße in Altstädten. Sie stiegen aus und sahen, wie auf der gegenüberliegenden Seite der Hörnergruppe die Sonne unterging. Als sie klingelten, kam ein kurzes mürrisches „Hallo, wer da?" aus der Sprechanlage. Sie stellten sich wie üblich vor und standen eine Minute später vor einem hageren drahtigen Mann mit unverkennbarem Dialekt aus Thüringen.

„Kommen Sie rein, ich weiß ja warum sie hier sind. Setzen wir uns auf den Balkon bei dem lauen Sommerabend. Möchten Sie was trinken?"

„Hätten wir nix dagegen, ich hätte gerne einen Kaffee, wenn es keinen großen Aufwand macht", sagte Sandra Hold, bevor ihr Kollege ihr zuvor kam. „Was in ihrem Kühlschrank gerade vorhan-den ist", ergänzte Bierbichler.

„Kommen wir gleich zur Sache Herr Steiner", begann Sandra Hold, als er in die Küche lief. „Sie hatten an dem Tag, an dem Nicole Hanke verschwand vorletzte Woche, Dienst am Schrecksee oben. Ist das korrekt?"

„Ja, das stimmt", rief er aus der Küchentür und stellte Bierbichler wenige Sekunden später ein Glas Wasser auf den Tisch. „Ich war von zehn bis fünfzehn Uhr am See."

„Ist Ihnen an diesem Tag irgendwas Merkwürdiges aufgefallen? War zum Beispiel jemand oben, der lange oder oft um den See oder Ihre Hütte ging?"

„Eigentlich nichts, es war an diesem Tag sehr ruhig oben. Wenn da oben noch gut Schnee liegt, dann kommen nicht so viele. Der See war an dem Tag noch fast vollständig zugefroren."

„Wie kommen Sie eigentlich immer rauf? Müssen Sie und Ihre Kollegen immer laufen?"

„Nein, wir haben eine Sondergenehmigung. Bei schlechtem Wetter oder wenn es pressiert dürfen wir auch die Materialseilbahn benutzen."

„Was hat die denn für ein zulässiges Höchstgewicht?", fragte die Hold.

„Hundertunddreißig Kilo. Ansonsten könnte es sehr kritisch werden."

„Was würde passieren, wenn es beispielsweise hundertfünfzig Kilo wären?", hakte sie nach.

„Wäre theoretisch möglich, es könnte aber nicht ungefährlich sein, das Überscheiten des zu-lässigen Gesamtgewichtes könnte den Wagen zum Schaukeln bringen. Das würden die Stahlseile unter Umständen nicht verkraften. Es gab vor kurzem einen Fall in den Kitzbühler Alpen, da hat ein Familienvater dies mit zwei Kindern gemacht, aus der Not heraus. Der Wagen ist gekippt und die zwei Kinder wurden schwer verletzt und der Mann war auf der Stelle tot."

„Aber möglich wäre es, zumal ihr als Bedienstete ja auch die größere Routine hättet als ein Wanderer, der so was in der Regel nie benutzt."

„Ich weiß, worauf Sie hinaus wollen. Sie glauben, dass einer von uns mit so einer Frau ins Tal abfährt?"

„Zum Beispiel, halten Sie das für so abwegig? In allen Fällen kam keine der Personen je wieder zum Vorschein. Die können ja nicht auf einmal wie vom Erdboden verschluckt sein, oder? Außer sie wurden vergraben oder getragen. Aber neun-hundert Höhenmeter und sechs Kilometer bis zum Tal eine

Person tragen? Da müsste schon jemand extrem fit sein. Außerdem wär es auffällig, außer es passiert bei Nacht. Oder was glauben Sie?"

Hold und Bierbichler schauten ihn jetzt sehr prüfend an. Das waren elementare Fragen, die nur die Bediensteten schlüssig beantworten konnten. Zumindest einigermaßen.

„Ihre Thesen", begann er zögerlich, „sind durchaus berechtigt und auch realistisch. Also, dass jemand, egal wie kräftig, die Personen kilometerlang über teilweise anspruchsvolles Gelände runterschleppt, halte ich für extrem unwahrscheinlich. Aber in der Alternative bleibt dann nur noch vergraben und verstecken. Wobei mir schleierhaft wäre, wo?"

„Gibt`s keine Hütten oder Plätze im Radius von tausend Meter um den See, die wir noch nicht kennen?", fragte Bierbichler.

„Es gibt eine weitere Hütte, die liegt zwischen dem unteren Stausee und dem Schrecksee, die vorwiegend als Futterstelle für die Tiere dient. Die wird aber natürlich nicht von uns beaufsichtigt, sondern von einem Landwirt aus Hinterstein. Der treibt dann im Sommer sein Jungvieh rauf. Im Winter ist es eine Futterstelle für das Wild. Außerdem gibt's seit ein paar Jahren noch eine neue Hütte ungefähr einen Kilometer vor dem Schrecksee in einer Senke. Das ist mehr ein Geräteschuppen, den haben aber ihre Kollegen auch schon durchsucht."

„Danke für den Hinweis, schreiben Sie das bitte auf, Frau Hold. Wir müssen den Stadl auch mal unter die Lupe nehmen, auch die Hütte das Landwirts."

„Ansonsten, vielleicht zum Schluss, ist Ihnen unmittelbar an den Kollegen irgendwas Besonderes aufgefallen die letzten Monate?"

Steiner runzelte die Stirn. „Muss grad überlegen, eigentlich nicht. Doch, eine Kleinigkeit fand ich mal vor ein paar Wochen merkwürdig. Der Kollege Engler hatte ein Nachtsichtgerät dabei, sowas brauchen wir da oben eigentlich nicht. Eher was für Förster oder Jäger. Als ich ihn darauf ansprach, sagte er mir, im Frühjahr oder Herbst wenn es schneller dunkler wird, will er sehen, was sich für Tiere da oben bewegen. Sie können sich Ihren eigenen Reim darauf machen." Die Kommissare sahen sich an.

„Gut, sehr hilfreich Ihre Hinweise", bedankte sich die Hold. „Auch Sie müssen wir zum Schluss aber noch bitten, eine DNA in der PI Sonthofen abzugeben Herr Steiner."

Dann verabschiedeten sich die beiden Beamten und hofften auf ein erholsames Wochenende, was ihnen aber leider nicht vergönnt war.

12. Kapitel

Es war 10.00 Uhr morgens am Schrecksee, als Max merkte, dass er am Arm getätschelt wurde. „Aufstehen Langschläfer", rief Carina und grinste ihn an.

„Guten Morgen du Frühaufsteherin, murmelte er. Wie spät ist es?"

„Kurz nach zehn, wir sollten mit dem Suchen keine Zeit mehr verlieren."

„Warum?"

„Kling ist vor einer halben Stunde weg. Er hat noch ein paar Stunden geschlafen in Ufernähe, dann ist er aufgebrochen. Bernd hat ihn noch kurz gesprochen, weil der Hund bellte und er es dadurch merkte."

„Wo wollte er hin?"

„Er sagte zu Bernd, dass er zurück ins Tannheimer Tal laufen will, um seine Frau zu informieren. Außerdem will er dort in Tannheim die österreichische Polizei informieren."

„Dann haben wir wirklich nicht mehr viel Zeit. Die werden sich mit den Allgäuer Kollegen austauschen und dann wird hier bald wieder die Hölle los sein."

Die anderen beiden kamen zu ihnen. Yvonne hatte schon ihren Surfanzug an. „Ich wäre startklar", meinte sie.

„Okay, schütten wir uns noch schnell ne Tasse Kaffee rein, dann geht's los", sagte Bernd.

Yvonne hatte bereits ein Kanne gemacht und verteilte an alle Becher, dazu gab sie Müsliriegel aus. „Das muss heut als Frühstück reichen."

Alle zogen ihre Surfanzüge an, außer Reno, dem auch zwölf Grad kaltes Wasser nichts ausmachte. „Okay, sagte Max. „Wie gestern abgemacht. Bernd und Yvonne, ihr schnorchelt ausgiebig im Wasser. Wir schwimmen mit dem Hund zur Insel rüber."

Dann brachen sie auf und Max holte noch seine Klappschaufel aus dem Rucksack. Diese benutzte er im Winter als Lawinenschaufel.

„Lets go!", schrie er, und alle eilten zum Wasser.

Es war ein traumhafter Sommertag mit jetzt fast zwanzig Grad Celsius. Alle hatten auch ihre Schwimmflossen an den Füßen, um schneller vorwärts zu kommen. Das grünblaue Wasser war glasklar und trotzdem gingen sie mit leicht mulmigem Gefühl ins Wasser.

„Wer weiß, was da so alles drin ist?", flüsterte Carina,

als sie sich in das kalte Nass stürzte. Die anderen fackelten auch nicht lange. Außer ihnen befand sich noch niemand am See. Da Yvonne und Bernd keine Taucher waren, begnügten sie sich wie im Urlaub, mit schnorcheln. Der See war an der tiefsten Stelle knapp zehn Meter. Er wurde in den 1950er Jahren um acht Meter aufgestaut, dadurch entstand auch die ungewöhnliche Insel, die es so sehr selten bei Bergseen gab. Zuerst hielten sie sich nur an der Wasseroberfläche auf, dann steckten sie ihre Stöpsel an das Atmungsrohr, um auch mal kurzzeitig tiefer schwimmen zu können.

Die anderen beiden hatten nach wenigen Sekunden die zwanzig Meter entfernte Insel an der engsten Stelle zum Ufer erreicht. Der Hund konnte auch ohne Schwimmflossen ihr Tempo halten und sprang zuerst an Land. Da kein flacher leichter Übergang an der Uferseite war, musste sich Max mit großer Kraftanstrengung regelrecht raufhieven. Als er an Land war, reichte er Carina die Hand und zog sie zu sich ans Ufer.

Dann meinte er: „Also wenn hier wirklich jemand, jemals eine Person auf die Insel gebracht hat, braucht er auf jeden Fall ein Ruderboot. Sonst wär das schwer möglich. Außer der Wasserstand ist ein Meter höher, aber das wird nur nach der Schneeschmelze im Frühjahr sein."

„Ja stimmt", erwiderte sie, „ist ja schon nicht ganz einfach, hier überhaupt allein rauf zu kommen. Sie ist auch gar nicht so klein, wie sie vom Ufer aus wirkt."

Die Insel hatte einen reichhaltigen Tannen- und Latschenbestand und war an der längsten Stelle bestimmt achtzig Meter lang und gut fünfzig breit.

Zur selben Zeit erkundeten die anderen beiden ausgiebig die Unterwasserwelt des kleinen Sees. Beide waren gute Schwimmer und konnten problemlos auch mal zwanzig bis dreißig Sekunden unter Wasser bleiben. Als sie wieder mal Luft holten, meinte Yvonne: „Also außer Barsche und Karpfen hab ich nix außergewöhnliches entdeckt."

„Ja, ich auch nicht", gab Bernd fast schon enttäuscht von sich. „Ein paar Saubären haben Blechdosen und Flaschen reingeschmissen, aber sonst nichts, was für uns interessant sein könnte. Also ich würd sagen, noch maximal zehn Minuten, dann lassen wir es gut sein."

Dann hörten sie einen lauten, schrillen Schrei von der kleinen Insel! Ein panischer Schrei von Carina!

Fünf Minuten zuvor als Max seinen Spaten aufklappte, war Reno schon eifrig dabei, das kleine Stück Land zu erkunden. Die Insel wirkte wie ein riesiger Wiesenhügel mit etwas Baumbestand, vor allem in der Mitte von kleinen Tannen, Kiefern und Latschen umgeben, die aber schon krank aussahen.

Carina hatte ihre wasserdichte Outdoorkamera dabei, falls es was Interessantes zu fotografieren gab.

„Schau mal", sagte Bernd, nachdem er den Boden genauer ansah. „Hier sind schon Spuren, da ist auch das Gras zusammen getreten."

„Du hast Recht", antwortete sie, „das können aber auch nur so kleine Abenteurer wie wir gewesen sein."

Jeder lief einen Teil ab, bis Reno auf einmal bellte.

„Was ist denn los?", fragte Max. Da kam der Hund mit wedelndem Schwanz und hatte was im Maul. „Reno, lass los", schrie ihn Carina an und zog an dem Teil. Als sie es in der Hand hatte, sah auch Bernd, dass es sich um eine Trekkingsandale handelte.

„Schuhgröße 41", sagte er. „Das ist ein Damenschuh!" Dann begann der Hund mit den Pfoten am Boden zu scharren. „Er hat irgendwas gewittert Max, fang hier doch an zu schaufeln." Beide hatte starke Nervosität ergriffen, was würden sie hier finden?

„Halte doch bitte Reno etwas zurück, dann kann ich schneller schaufeln", bat er sie. Der Hund lief unruhig hin und her und konnte nur mühsam von Carina zurück gehalten werden. Das lockere, etwas feuchte Erdreich war nicht schwer aufzugraben.

Nachdem Max wie wild schaufelte und schon fünfzehn Zentimeter ausgegraben hatte, meinte Carina auf einmal: „Sag mal, riechst du eigentlich nichts? Da stinkt doch was?"

„Ja, stimmt. Riecht ekelig."

Er wischte sich den Schweiß von der Stirn und grub weiter, bis er mit seiner Schaufel auf etwas Hartes stieß. Carina wurde immer blasser. Damit es schneller ging, fing sie jetzt auch mit ihren Händen an, mit zu graben. Dann griff Max mit seiner Hand auf was buschiges. Haare! Carina stieß einen schrillen, panischen Schrei aus und hielt die Hände vors Gesicht. Max zog an einem Haarschopf einen skelettierten Schädel aus dem Boden!

Nachdem Bernd und Yvonne den Schrei gehört hatten, schwammen sie so schnell wie nie zuvor in ihrem Leben. Nach einer halben Minute erreichten sie die Insel und wuchteten sich auf das Festland. Sie sahen einen Skelettkopf mit Haarschopf am Boden liegen und eine weinende Carina, die wie unter Schock stand. Max schaufelte aber wie besessen weiter, sah die anderen und stammelte keuchend:

„Hier liegt noch viel mehr. Ich glaube, das ist ein Massengrab!"

13. Kapitel

Hauptkommissar Bierbichler war beim Rasen mähen am Samstagmittag, als sein Handy in seiner Brusttasche klingelte. Es musste beruflich sein, denn es war sein Firmenhandy. Er schaltete sofort seinen elektrischen Mäher aus und setzte sich auf seine Gartenbank. Er schob sein Sliderhandy hoch und meldete sich.

„Chef, Sie müssen sofort auf die Dienststelle kommen!", klang es ganz aufgeregt von der anderen Seite. PI-Leiter Schöllhorn, der den Dienst am Wochenende absolvierte, war dran.

„Die Kollegen aus Österreich haben angerufen. Vor einer Stunde war in Tannheim ein Urlauber und hat seine Tochter als vermisst gemeldet. Und wieder am Schrecksee! Und halten Sie sich fest, er teilte den Kollegen von Tannheim mit, dass ein Max Lemper mit Freunden da oben ist und Detektiv spielt!"

„Okay, informieren Sie sofort die Hold. Holen Sie jemand von der Spurensuche und organisieren Sie einen Hubschrauber. Ich bin in einer halben Stunde da."

Dann legte er auf und ging unter die Dusche. Er wohnte in einem Stadtrandbezirk von Kempten , unweit des Stadtweihers. Er hatte dort seit vierzehn Jahren ein Einfamilienhaus, in dem er seit dem Tod seiner Frau allein wohnte. Seine einzige Tochter studierte seit zwei Jahren in München. Er schmiss sich in eine Jeans und zog ein kariertes Hemd und halbhohe Trekkingschuhe an. Gegen 12.30 Uhr kam er im Polizeipräsidium an und traf bereits auf seine wartende Kollegin Hold.

„Na, Sie sind ja rasend schnell", sagte er zu ihr. „Nicht beim Baden gewesen?"

„Doch, am Niedersonthofener See. Aber meinen Bikini hab ich gleich angelassen, vielleicht kann ich ja am Schrecksee gleich weiter baden", meinte sie ironisch.

„Ja, gut möglich. Dort treffen wir auf Lemper & Friends, die dort Columbo spielen."

„Die wollten uns halt die Arbeit abnehmen."

„Dem werd' ich jetzt den Marsch blasen."

Zwei Kollegen von der Spurensicherung kamen hinzu. „Hubschrauber ist soweit fertig", teilte einer von ihnen mit. Dann gingen sie auf den Polizei-Landeplatz und sprangen leicht geduckt zum wartenden Polizei-Helikopter.

14. Kapitel

Yvonne und Bernd standen geschockt hinter ihren beiden Freunden. Bernd grub weiter und brachte Schreckliches zu Tage. Carina hockte apathisch neben ihm und schaute wie in Trance zu. Nur dem Vierbeiner Reno schien es nichts auszumachen. Er schnüffelte und grub mit seinen Pfoten, als ob es ihm viel Spaß machte.

„Hör auf Max, das ist nicht mehr unsere Aufgabe", sagte Bernd zu ihm. „Da soll sich die Polizei darum kümmern." Yvonne wurde es schlecht, als sie den Schädel mit braunen Haaren sah, der neben der Grube lag. Sie kniete sich hin und musste sich übergeben. Vielleicht war es der Kopf von einer der zuletzt vermissten? Nicole oder Jasmins Kopf konnte es nicht sein, die waren noch zu „frisch". Aber wie kamen die Körper überhaupt auf die Insel und wo lag der Rumpf? Max grub einfach weiter und brachte immer mehr Knochen ans Tageslicht.

Vermutlich grub er deshalb wie besessen, weil er befürchtete, dass auch Nicole dort verbuddelt sein könnte.

„Okay, gehen wir. Nicole ist nicht dabei. Das hätte ich an der Bekleidung erkannt. Das sind Skelette von Körpern die bestimmt ein bis zehn Jahre alt sind."

„Wir müssen sofort die Polizei anrufen", meinte Yvonne mit leiser Stimme.

Carina musste sich die Tränen abwischen, sie konnte den Anblick der vielen Skelette nicht ertragen. Yvonne, der es auch nach dem Kotzen nicht besser ging, nahm sie in den Arm. Max schnappte sich die Kamera von Carina und machte ein paar Aufnahmen, auch von dem Schädel. Dann meinte er: „Lasst uns wieder verschwinden!"

„Komm Carina", versuchte Bernd die entsetzt blickenden Frauen zu beruhigen. „Wir müssen zurück ans Land."

Sie gingen ins Wasser und schwammen ans Ufer. Eine kleine Gruppe Wanderer war mittlerweile am See und wollte wissen, als sie an Land gingen, was es denn auf der Insel zu sehen gäbe.

„Wir wollen jetzt nicht darüber reden", gab ihnen Bernd nur kurz und schmerzlos zur Antwort. „Wahrscheinlich lest ihr es morgen in der Zeitung, geht lieber nicht rüber."

Aufgrund der fahlen schockierten Gesichter ahnten die anderen, dass es eine schlimme Entdeckung sein musste und verkniffen sich weitere Fragen. In diesem

Moment hörten sie das laute Rotorengeräusch des grünen Polizeihubschraubers, der über ihnen schwebte. Der Pilot suchte sich einen geeigneten Landeplatz. Hundert Meter westlich vom Ufer war dazu die einzige Möglichkeit. Zwei Minuten später setzte der Hubschrauber zur Landung an. Dann hörten sie einen weiteren. Bierbichler hatte einen zweiten zum See beordert, der neben dem ersten noch Platz fand. Als der zweite landete, war Bierbichler mit seinen Kollegen schon auf dem Weg zu Max und seinen Freunden. Sie saßen konsterniert auf dem grasigen Uferboden. Aus dem zweiten Hubschrauber stiegen vier Männer, einer hatte ein großes Schlauchboot in der Hand. Bierbichler wusste von den Mitarbeitern des E-Werks, dass kein anderes Boot hier zur Verfügung stand. Die beiden Kommissare sahen den winkenden Max am Boden kauern und schritten auf ihn zu.

Leicht angesäuert meinte Bierbichler als er vor ihnen stand: „Herr Lemper, das wird Ärger für Sie und Ihre Freunde geben. Was haben Sie sich eigentlich dabei gedacht, hier Schnüffler zu spielen?"

„Seien Sie doch froh, dass wir das gemacht haben. Wer weiß, wann Sie und Ihre Kollegen das entdeckt hätten, was Sie dann gleich auf der Insel sehen", antwortete er ihm. „Letztes Jahr im Oktober, als die zweite Frau verschwand, hätte es schon die

Möglichkeit gegeben, auf der Insel zu suchen. Warum kam den keiner Ihrer Kollegen darauf?"

„Trotzdem kein Grund hier eigenmächtig zu handeln", konterte Kommissarin Hold. „Wenn das jeder machen würde, gebe es nur noch größeres Chaos. Nicht vorzustellen, wenn euch auch noch was passiert wäre."

Bierbichler versuchte die Wogen zu glätten. „Wenn Sie wollen, fliegt euch der Pilot ins Tal. Wir schauen uns in der Zwischenzeit auf der Insel um."

„Ja gern", antwortete Max. Dann packten sie ihre Sachen und flogen nach Hinterstein.

15. Kapitel

Als Max, Carina, Yvonne und Bernd in Hinterstein landeten, wurden sie von zwei Beamten der Kripo schon erwartet. Bierbichler hatte vorgesorgt und nicht nur einen Kollegen der Kripo, sondern auch einen Polizeipsychologen dazu bestellt. Er ahnte, dass etwas Schlimmes passiert war.

Für die beiden jungen Frauen war es wichtig, da sie leicht traumatisiert erschienen. Der Psychologe nahm die beiden Frauen zur Seite und unterhielt sich mit ihnen. Kommissar Binder, der zweite Beamte, nahm Max und Bernd mit in den Polizeiwagen zum Verhör.

Binder begann langsam und ruhig: „Ich muss Sie zu den letzten vierundzwanzig Stunden nochmals genau befragen. Der Kollege Bierbichler hat Sie bestimmt unterrichtet, dass das leider strafrechtliche Konsequenzen für euch alle haben wird. Unabhängig irgendwelcher Entdeckungen oder Funde."

„Ja, dass ist uns bewusst", gab Max kleinlaut zurück.

Binder belehrte weiter: „Sie haben sich unerlaubt in polizeiliche Ermittlungsarbeit eingemischt. Sie haben womöglich ungewollt im Übereifer Beweismaterial unkenntlich gemacht oder vernichtet. Auf vielen Bereichen werden wir vermutlich jetzt eure Spuren und DNA haben, statt vom vermeintlichen Täter."

„Okay, wir wissen, dass wir eigenmächtig gehandelt haben. Wer weiß, wann die Polizei darauf gekommen wäre, die Insel und das Wasser mal akribisch abzusuchen? Wer weiß, ob meine Nicole jemals wieder auftaucht, sie war nämlich nicht im Massengrab."

„Wenn alle so denken würden, hätten wir Millionen von Hobby-Detektiven, die tagtäglich unterwegs wären. Kommissar Bierbichler und seine Kollegin werden Sie dann morgen nochmals im Präsidium verhören. Wir lassen es für heute gut sein. Muntert eure Frauen wieder auf nach den aufregenden Stunden."

Die beiden Freunde verabschiedeten sich und holten ihre Freundinnen ab, die schon auf sie warteten. Sie hatten keine Lust, sich weiter psychologisch betreuen zu lassen. Sie wollten sich nur hinlegen und ihre Ruhe haben. Auf eine Rückfahrt mit der Polizei zu ihrer Wohnung verzichteten sie. Mit ihren Rucksäcken auf dem Rücken, schlenderten sie bei langsam untergehender Sonne und ohne noch ein Wort zu wechseln zu ihrer Unterkunft zurück.

16. Kapitel

Als Bierbichler und sein Team an der Insel ankamen, merkten sie gleich den bestialischen Geruch, der in der Luft lag. Es war nicht einfach, mit dem großen Schlauchboot an der hohen Inselmauer anzulegen und Bierbichler fragte sich, wie das wohl der Killer machen würde. Er musste über außerordentlich große Kraft und Fitness verfügen. Zwei der sportlicheren Kollegen in dem Fünf-Mann-Boot gingen zuerst an Land, um den etwas übergewichtigen Kommissar an Land ziehen zu können. Beinahe wäre er noch dabei ins Wasser gefallen. Sie mussten sich etwas beeilen, weil hier oben die Sonne schneller unterging als im Tal. Als alle an Land waren, sahen sie nach wenigen Schritten das Grauen, das sich ihnen bot. Den abgetrennten Kopf, wie auch die vielen stark verwesten, teilweise noch mit Haarbüschel versehenen Knochen. Die Schaufel hatte Max vergessen und einer der Männer hob die ganzen Skelette aus dem Boden.

„Chef, das sind mindestens acht bis zehn Skelette, aber von den drei zuletzt Vermissten ist vermutlich keine hier. Die wären auch noch nicht so verwest nach der kurzen Zeit."

„Also, wo könnten sie dann sein? Vielleicht gibt es hier auf den knapp hundertfünfzig Quadratmetern noch ein zweites Grab?"

„Kann schon sein", meinte Bierbichler, das sollen aber die Kollegen morgen rausfinden. Wir nehmen jetzt so gut wie möglich die ganzen verbliebenen Spuren auf und verziehen uns wieder. Morgen sollen hier zehn Mann rauf und jeden Meter umgraben! Außerdem wird morgen weiträumig der See im Radius eines halben Kilometers umzäunt. Es werden Schilder aufgestellt, dass dies auf unbestimmte Zeit Sperrgebiet ist. Ich will hier keinen mehr oben sehen, außer uns und den Mitarbeitern der Ostrachwerke. Alle Skelette und Reste, die gefunden werden, so schnell wie möglich ins Labor. Regeln Sie das Frau Hold. Und montags müssen wir uns mit dem Bürgermeister und dem Kurdirektor an den runden Tisch setzen. Bitte alles morgen mit den Herren vereinbaren."

„Alles klar Chef", gab eine sichtlich gezeichnete Hold von sich.

„Gut, wir ziehen dann ab Frau Hold. Die Kollegen können auch ohne uns weitermachen. Ich muss hier weg, mir ist schlecht!"

17. Kapitel

Sonntagmorgen um 10.00 Uhr. Nach schlechter Nacht von Alpträumen geplagt, wacht Josef Bierbichler auf. Es ist bewölkt in Kempten bei milden Temperaturen um die zwanzig Grad. Heute gab es im tristen, nervenaufreibenden Polizeileben einen kleinen Lichtblick. Seine Tochter Jennifer, die noch zwei Jahre als Lehramtsanwärterin in München studierte, kam auf Besuch. Nicht spontan, sondern von beiden schon vor Wochen ausgemacht. Jenny war Single und der Tod ihrer Mutter und seiner geliebten Frau, hatte sie noch enger zusammengeschweißt. Gegen Mittag um 12.00 Uhr wollte sie bei ihm sein. Bierbichler sponserte ihr im teuren München ein Appartment in Bogenhausen, unweit ihrer Uni. Da er kein sonderlich guter Koch war, legte er einen Beutel Pommes ins Backrohr und um halb zwölf drei Putenschnitzel zum Braten in die Pfanne. Dazu machte er einen kleinen Salat und Soße. Das bisher geschehene machte auch ihm nervlich zu schaffen. Er hatte zwar in den letzten Jahrzehnten viel mit allen Arten der Kriminalität zu tun, aber nicht in diesem schrecklichen Ausmaß wie bei diesem Fall. Dass er sich kurz vor seiner Pension noch mit so einem

Horror rumschlagen musste? Vermutlich hätte sich gleich eine Soko vom LKA um diesen Fall gekümmert, aber dies passierte größtenteils erst dann, wenn es Tote gab. „Nur Vermisste" blieben am Anfang meistens bei den örtlichen Polizeiämtern hängen. Sein Chef vom Präsidium hatte ihm bereits gestern Abend in einem Telefonat angekündigt, dass er ab nächster Woche nicht mehr allein mit seiner Kollegin das ganze bearbeiten würde. Näheres dazu sollte er am Montag erfahren. Eines machte ihm schon seit Jahren große Sorge, dass hoffentlich nie seine Tochter Ziel von Verbrechern wird. Als Kommissar musste er sich von vielen Verbrechern schon die übelsten Drohungen anhören, auch was seine Familie betraf. Kurz vor zwölf war es dann soweit, es klingelte. Seine hübsche Tochter stand vor der Tür.

„Hallo Paps", rief sie freudig und fiel ihm gleich um den Hals. Er drückte sie und meinte: „ Hallo Maus, wie geht's, gute Fahrt gehabt?"

„Ja, ging sehr schnell, kaum Verkehr auf der A 96. Ich rieche und sehe, du hast dein Lieblingsgericht gemacht, was ich natürlich aber genauso gern esse. Und gleich noch so viel."

„Na, bei deiner Größe und Figur kannst es ja gut vertragen." Sie war eine sehr schlanke, sportliche Erscheinung. Nur knapp zweiundsechzig Kilo bei einssechsundsiebzig.

„Aber nach dem Essen gehen wir noch ein bisschen raus, die Sonne kommt", meinte sie fröhlich.

„Klar, wo möchtest du denn gern hin?"

„Wir könnten wieder mal zum Hohen Kapf bei Buchenberg und wenn es sonnig bleibt, noch zwei Stunden an den Eschacher Weiher?"

„Ja klar, warum nicht. Beim Brotzeitstüble in Eschach gibt's auch gutes Eis und Kuchen."

„Du darfst nicht so viel ans Essen denken Paps, du hast ein bisserl Übergewicht."

Bisserl war gut, bei einsfünfundachtzig hatte er mittlerweile sechsundneunzig Kilo. Acht bis zehn mussten auf jeden Fall runter, deshalb spielte er mit dem Gedanken an eine Kur nach dem Fall. Vor zwei Jahrzehnten war er noch rank und schlank.

„Du hast Recht, wenn ich in Pension bin, muss ich mir ein sportives Hobby zulegen, sonst hab ich bald den Body von Ottfried Fischer."

Dann redeten sie über ihr Studium, die Vergangenheit und Gott und die Welt.. Sie wollte auch unbedingt wissen, mit welchem Fall er sich gerade rumplagen musste, weil sie schon im Internet über den „Fall Schrecksee" gelesen hatte. Er erklärte ihr, was hier seit Monaten ablief und was der gestrige Tag Schreckliches zu Tage gebracht hatte. Vielleicht auch, um sich den

Frust und Ärger einfach nur von der Seele zu reden. Sie war die erste, mit der er sich im privaten Umfeld über den Fall unterhielt. Gespannt und auch voller Bestürzung hörte sie sich die Geschichte an.

„Ja, wenn ich das so höre Paps, dürfte ich ja auch nicht an den See. Ich liege ja genau im Profil des Killers! Diese Kriterien der Äußerlichkeiten treffen ja genau auf mich auch zu?"

„Das stimmt", gab er zur Antwort. „Nur das du momentan mehr blond als braun bist, nach deiner letzten Tönung."

„Na, das sollte ich auf jeden Fall so belassen, dann bin ich nicht so akut gefährdet", meinte sie ironisch.

Nach dem Essen auf der Terrasse, tranken sie noch einen Kaffee, bis Jenny dann aufstand.

„So, genug gegessen und geredet. Jetzt ist Bewegung angesagt, fahren wir in zehn Minuten?"

„Wie du willst, Jenny. Ich zieh mir nur noch was anderes an, und nehme eine Decke sowie einen kleinen Rucksack mit."

„Okay, ich leg das Geschirr in die Maschine, bis du fertig bist."

Zwanzig Minuten später stiegen sie in seinen Audi A4 und fuhren nach Buchenberg. Der kleine Luftkurort liegt sechs Kilometer westlich von Kempten auf schöner Höhenlage von 900 Meter. Der Ortsteil Eschach liegt knapp unter 1000 Meter. Vor allem im Sommer ein beliebtes Ausflugsziel aufgrund des schönen Badeweihers. Die Sonne verdrängte die letzten Wolken und es wurde auch in der Höhe recht heiß. Als sie ankamen, fanden sie noch einen der letzten Parkplätze, die heiß begehrt waren. Bierbichler schwitzte schon kurz nach dem Aussteigen. Die Aussicht oberhalb des Weihers war grandios. Viele Walker, Biker und auch Sonnenanbeter tummelten sich hier oben. Die Liegeplätze um den Weiher waren schon zahlreich belegt. Ein Teil des Weges zum „Hohen Kapf" führte am südlichen Uferbereich vorbei. Dort lagen schon Hunderte von Sonnenhungrigen auf den Liegewiesen. Als sie vorbei schlenderten, blieb er auf einmal abrupt stehen und schaute ungläubig.

„Was ist denn Paps? Hast du eine rassige Frau entdeckt?"

„Wenn mich meine Augen nicht täuschen, liegen dort zwei Verdächtige!"

„Was, wer denn?"

„Komm ein Stück weiter, dass es nicht auffällt, wenn wir so hinstarren. Es ist einer, bei dem ich erst beim Verhör war. Er liegt dort vorn mit seinem Sohn. Die Fenebergs!"

Jennifer wusste aufgrund der Erzählungen vom Mittag,

wer gemeint war. Vor allem wegen dem Sohn, der geistig behindert war.

„Bist du dir sicher?" Was machen die aus Bad Hindelang hier beim Baden? Da gibt's bei denen doch in der Nähe genug Möglichkeiten."

„Frag mich was Leichteres. Vielleicht sind sie in ihrer Heimat so bekannt, dass sie es vorziehen, woanders hinzugehen, wo sie niemand kennt. Sie haben anscheinend eh einen sehr fragwürdigen Ruf. Der Psychotherapeut des Jungen steht nächste Woche auf meiner Verhörliste. Tu mir einen Gefallen, wenn es niemand auffällt: Mach mit deiner Handy-Kamera ein Bild, wenn du gute Sicht hast und tue so, als ob du den Weiher ablichtest. Ich laufe langsam weiter und warte da vorn an der Ecke auf dich."

Sie zog ihr Smartphone und schoss mehrere Bilder vom See, den Bergen und den Fenebergs. Dann lief sie zu ihrem Vater. Gemütlich schlenderten sie weiter und machten auf einem grasigen Höhenrücken oberhalb des Weihers eine Pause. Jenny zeigt ihm die Bilder, die sie gemacht hatte.

„Wunderbar", meinte er. „Wer weiß, für was ich sie noch alles brauchen kann. Sind beide gut zu erkennen."

Dann liefen sie weiter, genossen die warme Sonne und die tolle Aussicht. Nach einer Stunde waren sie am höchsten Punkt, dem „Hohen Kapf" auf 1120 Meter angekommen.

„Wenn wir zurückgehen, kehren wir in dem kleinen „Schneiders Brotzeitstüble ein", meinte der schweißdurchnässte Bierbichler.

Sie machten eine kurze Sonnenpause und spazierten gemütlich zu dem beliebten Lokal. Das Café war die einzige Einkehrmöglichkeit, die auf der Route lag. Das „Stüble", das ein ehemaliger Bauernhof war, wurde vor vielen Jahren als Café und Brotzeitstube umgebaut. Wenige Meter vor der Sonnenterrasse stutzte diesmal Jennifer und fasste ihren Vater an den Arm.

„Dort sind die beiden merkwürdigen Typen wieder", flüsterte sie ihm kaum hörbar zu.

Jetzt sah er sie auch. „Komm, lass uns weitergehen", murmelte er. „Die einzig freien Plätze sind genau neben den beiden. Da kann ich darauf verzichten."

Bierbichler hoffte, dass sie ihn nicht erkannten. Er hatte eine große Sonnenbrille und einen Strohhut auf. Sie liefen langsam auf dem breiten Wanderweg zurück zum Auto. Der Parkplatz war mittlerweile hoffnungslos überfüllt, sodass viele Fahrer ihre Autos an den Rand der Fahrstraße parkten.

„Gut, dass ich nicht mehr bei der PI bin, sonst müssten wir die alle verwarnen", meinte er, als sie einstiegen.

„Fahren wir nach Buchenberg, dort kenn ich noch eine schöne Sonnenterrasse bei einem Hotel", sagte er und fuhr los.

Als sie zehn Minuten später im Landhotel saßen, fragte Jenny: „Habt ihr eigentlich schon die Vergangenheit dieser merkwürdigen Familie genau durchleuchtet?"

„Sind wir gerade dabei mein Schatz. Vor allem bin ich gespannt, was die DNA-Ergebnisse nächste Woche bringen. Bis vor drei Tagen haben wir die Angestellten noch nicht zum Kreis der Verdächtigten gezählt."

Nachdem sie einen Eiskaffee getrunken hatten, plauderten sie noch ein bisschen und fuhren zurück zu seinem Haus. Als sie ausstiegen meinte Jenny: „Es ist noch recht mild, wir können uns ja noch auf die Terrasse setzen Paps."

„Klar, gern. Ich geh mal in den Keller und hol zwei Liegestühle. Nimm doch das Radio aus der Küche und stell es raus auf den Terrassentisch."

Während er in den Keller ging, holte sie das kleine Kofferradio sowie zwei Gläser und ging auf die Terrasse. Dort blieb sie wie erstarrt vor dem Tisch stehen und stieß einen schrillen Schrei aus. Die Gläser fielen ihr vor Schreck aus der Hand. Auf dem Tisch lagen zwei noch blutverschmierte Menschenohren!

18. Kapitel

Bad Hindelang, spätnachmittags gegen 16.30 Uhr. Im Hause Feneberg herrschte dicke Luft. Nach einem heftigen, verbalen Streit zwischen den Eheleuten, saß Monika Feneberg mit ihrer besten Freundin auf dem Balkon.

„Was hat denn zum Streit und der Flucht der beiden geführt?", fragte Simone Beck, die seit der Schulzeit regelmäßigen Kontakt zu ihr hatte.

„Gerhard ist schon seit Wochen so gereizt. Keine Ahnung, ob das mit den Vorfällen an seinem Arbeitsplatz zu tun hat. Er erzählt wenig, säuft dafür umso mehr. Und was sie gestern den ganzen Tag gemacht haben, erzählt er auch nicht. Da ist er auch vormittags abgehauen mit Gustl. Angeblich zum Minigolfspielen und auf die Käseralpe. Das nehm ich ihm aber nicht ab. Gustl ist viel zu unkonzentriert für Minigolf."

„Du weißt Monika, was gestern am Schrecksee passierte? Da kreisten nachmittags mehrere Polizeihubschrauber, das steht morgen bestimmt alles in der Zeitung, was da los war. Traust du deinem Mann zu, dass er ernsthaft mit der Sache was zu tun hat?"

Monika Feneberg zögerte mit der Antwort: „ Ich weiß nicht recht, was ich davon halten soll. Eigentlich würde ich ihm so was nicht zutrauen, aber wie oft hat man sich schon nach dreißig Jahren Ehe in seinem Partner getäuscht."

„Monika, du solltest der Polizei erzählen, was Gustl in seiner Kindheit Schlimmes gemacht hat. Er ist manchmal sehr schwer berechenbar."

Nachdenklich nippte die Feneberg an ihrer Kaffeetasse und zündete sich eine Zigarette an.

„In den nächsten zwei bis drei Tagen wissen wir mehr, da werden die DNA-Ergebnisse vorliegen. Und wenn da einer der beiden mit dem Fall zu tun hat, werde ich der Polizei reinen Wein einschenken."

19. Kapitel

Jenny Bierbichler stand wie gelähmt vor dem Tisch und vibrierte am ganzen Körper. Das tragbare Radio stellte sie mit zitternder Hand auf dem Tisch ab. Sekunden später stand ihr Vater hinter hier und nahm sie in die Arme. Er hatte den Schrei gehört und war wie von der Tarantel gestochen zu ihr gelaufen. Er führte sie ins Wohnzimmer und rief sofort bei der Kripo an, um seine Kollegen von der Spurensicherung zu verständigen. Zwanzig Minuten später waren zwei Forensiker in seinem Haus. Auch Bierbichler war schockiert, jetzt hatte der Horror auch vor seinem Privatleben keinen Halt mehr gemacht. Hatten die zwei Fenebergs damit was zu tun? Falls ja, mussten sie ja wissen, wo er wohnt und viel früher aufgebrochen sein? Der Tisch stand frei auf seiner ebenerdigen Sonnenterrasse. Eigentlich konnte jeder zum Tisch gehen. Die Terrasse war nur von einer kleinen Rosenhecke vor den Blicken der anderen geschützt. Während seine Kollegen, nachdem sie die Ohren in einen Plastikbeutel gelegt hatten, nach anderen Spuren suchten, ging Bierbichler zum Nachbarn Wintergerst. Das Verhältnis mit dem Nachbarehepaar war gut. Vielleicht war ja Wintergerst oder seiner Frau etwas Ungewöhnliches aufgefallen. Während Bierbichler abwesend war, kam ein weiterer Kollege von ihm ins Haus. Kommissar Rainer Hagedorn ermittelte seit fast zehn Jahren im Polizeipräsidium Kempten. Bierbichler hatte ihn auf seiner privaten Handy-Nummer angerufen. Hagedorn sollte eine besondere Aufgabe übernehmen. Als Bierbichler zurückkam, saß sein Kollege mit Jenny auf der Wohnzimmercouch und sprach beruhigend auf sie ein.

„Die Nachbarn haben nichts gehört oder gesehen", sagte Bierbichler, als er sich zu ihnen setzte. „Sie waren allerdings selber von 13.00 bis 16.00 Uhr außer Haus. Rainer, hast du Jenny unterrichtet, warum ich dich angerufen habe?"

Hagedorn war einer der wenigen Kollegen, mit denen sich Bierbichler duzte.

„Nein Sepp, sag du es ihr."

Jenny schaute ihren Vater verdutzt an. Was hatte er sich ausgedacht?

„Maus, du wolltest ja bis Dienstagfrüh hier bleiben. Das belassen wir auch so, nur mit einem kleinen Unterschied. Rainer Hagedorn wird morgen tagsüber bis ich zurückkomme, dein Bodyguard sein!"

Jennifer schaute ihn ungläubig an: „Glaubst du, das ist wirklich notwendig?"

„Ja mein Schatz. Dieser Irrer weiß mehr, als wir bisher vermuteten. Das kann kein Zufall sein, jetzt will er mich auch einschüchtern. Außerdem haben wir ja beide heute schon festgestellt, du passt in sein Opferprofil."

„Aber Paps, ich wollte mich heute Abend noch mit Nadine treffen."

Jenny sprach von einer ihrer besten Freundinnen aus der Gymnasiumzeit, die jetzt in einer Steuerkanzlei in Kempten arbeitete.

„Mir wäre es lieber, ihr verbringt den Abend hier im Haus. Du kannst dein früheres Zimmer haben, da seid ihr ungestört. Wenn du unbedingt außer Haus gehen willst, wäre es mir lieber, Rainer ist dabei."

„Okay, wenn du glaubst, das ist besser so, dann ruf ich sie an und frag, ob sie herkommen will."

„Da könnte ich echt besser schlafen", erwiderte ihr Vater.

Die Spurensicherer waren fertig. Einer kam ins Wohnzimmer und sagte: „Chef, wir fahren. Wir haben alles genau angeschaut. Ein Haar haben wir noch am Tisch entdeckt. Vielleicht ist es vom Täter. Morgen dann mehr dazu."

Dann gingen sie.

Jennys Freundin meldete sich telefonisch und teilte ihr

mit, dass sie am Abend vorbeikommen würde. Dann zogen sie ab und Rainer Hagedorn auch. Wie vereinbart, würde er morgen früh kommen, wenn Bierbichler das Haus verlassen hatte.

20. Kapitel

Montagvormittag um acht Uhr fünfzehn. Kaum war Kurdirektor Strodl im Büro, bekam er einen Anruf. Zwei Kripobeamte aus Kempten baten um eine Unterredung. Aufgrund der Dringlichkeit wurde auch der Vorsitzende des Tourismusverbandes Allgäu-Schwaben, Fritz Böck, sowie der PI Chef Martin Pfeiffer aus Sonthofen mit dazu gebeten. Um neun Uhr trafen sich alle im Kurhaus Bad Hindelang. In einem Nebenzimmer des großen Kursaales waren alle pünktlich anwesend. Nachdem alle am runden Tisch Platz genommen hatten, eröffnete Bierbichler das Gespräch: „Meine Herren, Sie wissen alle, was die letzten zwei Tage passiert ist. Wir müssen jetzt handeln. Bis zur zweiten verschwundenen Frau konnten wir das ganze noch einigermaßen unter Verschluss halten, aber jetzt ist Schluss damit."

„Was soll das heißen?", fragte Strodl. „Werden Sie konkreter!"

„Das heißt meine Herren, solange der Killer noch frei herum läuft, wird das Gebiet oben am Schrecksee zum Sperrgebiet erklärt!"

„Sie meinen, dass niemand mehr rauf darf oder soll? Wie soll denn das gehen?"

„Zuerst werden alle Gäste, die noch nichts wissen, von den Vermietern informiert", meinte die Hold.

„Es gibt auch zwanzig Prozent ausländische Gäste, die lesen nicht alle die deutsche Medienlandschaft", antwortete Strodl ärgerlich.

„Dass alle Vermieter dies tun, ist Ihre Aufgabe Herr Strodl", meinte Bierbichler. „Sie sind hier der Kurdirektor. Und Sie Herr Böck der Tourismuschef für den ganzen Regierungsbezirk. Natürlich können wir niemand zwingen, aber wir stehen alle in der Verantwortung. Der Herr am Samstag, der oben am See unterwegs war, wusste zum Beispiel von nichts. An allen öffentlichen Stellen müssen die Gäste gewarnt werden. Auch die Mitarbeiter in Ihren Gästeämtern sollten die Sache bei allen Neuankömmlingen publik machen."

„Dann können wir ja gleich den ganzen Laden hier dicht machen", meinte Strodl mit grimmigem Blick. „Was glauben Sie, wie die Leute reagieren? Das wird einen gigantischen Einbruch bei unseren Gästezahlen geben."

„Uns bleibt keine andere Wahl, wir haben zu lange tatenlos zugesehen. Wir müssen auf Nummer sicher gehen, kein Risiko mehr. Herr Pfeiffer, der neben Ihnen sitzt, wird mit seinen Leuten oben am See einen Schutzzaun im Radius von einem Kilometer errichten. Es wird auch heute Nachmittag noch eine schnell einberufene Pressekonferenz geben. Das hat unser lieber Herr Polizeipräsident so arrangiert. Dann wird der Öffentlichkeit alles erzählt."

„Mein Gott, dann bricht morgen hier eine Horde von Radio- und TV-Reportern über uns herein", antwortete Böck grimmig.

„Das wird sich nicht verhindern lassen", mischte sich jetzt auch Sandra Hold ein. „Am See oben haben schon Schaulustige Bilder gemacht, als die Hubschrauber oben waren. Das lässt sich nun mal nicht unterbinden. Und wir können auch nicht mit Dutzenden von Leuten rund um die Uhr den See bewachen."

„Und wollen Sie die österreichische Seite auch abriegeln, die zum See führt?", wollte Strodl wissen.

„Wir haben die Kollegen vom Tannheimer Tal

informiert. Dort wurden den Vermietern und auch dem Tourismuschef, natürlich das gleiche gesagt. Außerdem haben wir oben am See zwei Kameras installiert."

„Haben Sie denn noch keine konkreten Beweise gefunden?", fragte Fritz Böck.

„Sie erfahren heute Nachmittag mehr auf der Pressekonferenz. Sie wird im Internet und im Bayerischen Fernsehen live übertragen! Dort verkünden wir den aktuellen Stand der Ermittlungen. So, dass war es schon", drängte Bierbichler zur Eile. „Wir danken für Ihr Verständnis und Ihre mithilfe."

Dann standen sie, und ihr Kollege Pfeiffer auf und verließen eilig den Saal. Die finsteren Blicke der beiden Herren die sich gegenseitig anstierten, nahmen sie nicht mehr wahr.

21. Kapitel

Dreißig Minuten später saßen Bierbichler, Sandra Hold und PI-Leiter Pfeiffer im Ortskern von Bad Hindelang in einem Café.

„Wir bleiben noch bis Mittag hier", sagte Bierbichler zu den Kollegen. „Ich habe vorher eine SMS bekommen, dass die Kollegen vom Labor die ersten Ergebnisse der DNA-Spuren gegen zwölf Uhr analysiert haben. Ich habe das Gefühl, das bringt uns weiter."

„Glauben Sie, dass einer der drei, die ihr letzte Woche verhört habt, der Täter ist?", fragte Pfeiffer.

Bierbichler nippte an seinem Kaffee und meinte: „Ja, ich glaube ein Mitläufer. Ich gehe davon aus, dass es zwei oder mehr Täter sind. Einer allein kann dies unmöglich alles bewerkstelligen. Sollte es keiner der drei sein, werden die Forensiker zumindest ein gewisses Profil erstellen können. Notfalls müssen wir alle männlichen Einwohner zum Massengentest kommen lassen! Eine Frau als Täter schließe ich aus."

„Sollen wir die drei zusätzlich überwachen lassen", fragte Pfeiffer.

„Wir warten noch den heutigen Tag ab", antwortete Bierbichler. „Ich hab ein Ultimatum vom Polizeipräsidenten bekommen. Wenn bis Mittwoch nichts Entscheidendes passiert, was zur Klärung beiträgt, wird eine zusammengestellte neue Soko den Fall weiter verfolgen. Dann erhalten Sie Ihre Befehle von jemand anderem."

Sandra Hold merkte, dass der Fall ihrem Kollegen stark an die Nerven ging. Und dann auch noch der Vorfall in seinem Haus. Sie bestellten noch ein verspätetes Frühstück, dann endlich um viertel vor zwölf ein Anruf. Bierbichler meldete sich mit vollem Mund und verschluckte sich fast. Gespannt hörten Pfeiffer und Hold mit. Als er auflegte, wirkte er erleichtert.

„Treffer", sagte er. „Die DNA an einigen Leichenteilen sowie den gefunden Sachen stammen alle von einer Person, vom alten Feneberg! Ein Kollege besorgt vom Staatsanwalt so schnell es geht in den nächsten Stunden einen Haftbefehl. Dann werden wir ihn uns holen, noch vor der Pressekonferenz."

22. Kapitel

Rainer Hagedorn half Jenny beim Frühstück, eine Stunde nachdem ihr Vater das Haus verlassen hatte. Sie hatte eine schlaflose Nacht hinter sich. Immer wieder wurde sie wach und konnte nicht lange einschlafen. Die abgetrennten Ohren geisterten ihr ständig durch den Kopf. Nur mit zwei Schlaftabletten gelang es ihr, wenigstens vier Stunden zu dösen.

„Wollen Sie heute Mittag noch nach München fahren oder nicht doch noch eine Nacht bei Ihrem Vater verbringen?", fragte Hagedorn.

„Ich muss morgen unbedingt bei einer Vorlesung teilnehmen, deshalb fahr ich nach Mittag", antwortete sie müde. „Heute ist es egal, wenn ich fehle. Außerdem bringt mich das auch auf andere Gedanken, als wenn ich hier zu viel Trübsal blase." Sie schenkte ihm einen Kaffee ein und fragte ihn: „ Oder glauben Sie, der Irre könnte mich bis nach München verfolgen?"

„Nichts ist unmöglich. Aber sie haben Recht, ich sehe das Risiko hier auch höher, als bei Ihnen in Bogenhausen."

„Vater hat nur altes Knäckebrot hier, meinen Sie ich könnte schnell zum Bäcker? Der liegt hier nur knapp sechzig Meter entfernt auf der anderen Straßenseite?"

„Auf keinen Fall allein, wenn was passiert, erschießt mich ihr Vater. Wir gehen dann gemeinsam. Ich hol schnell aus dem Auto meine Jacke und Geld, dann geh ich mit. Sie können ja auch noch Proviant für Ihre Heimreise mitnehmen. Wenn ich meine Weste anhabe, sieht nicht jeder, dass ich ein Schulterholster trage."

Er zog seine Schuhe an und ging aus dem Haus. Jennys Handy klingelte. Ihre Studienkollegin Maria aus München war dran und wollte wissen, ob sie heute Abend wieder zurück sei. Beide unternahmen öfter was und lernten oft zusammen. „Ich werde um zwei Uhr losfahren, dann bin ich gegen halb fünf in Bogenhausen", sagte sie zu ihr. „Es wird den obligatorischen Feierabendstau am mittleren Ring geben. Aber den bin ich gewohnt", teilte sie ihr mit.

Von dem Wochenende wollte sie jetzt nichts erwähnen, das hob sie sich für später auf. Als sie den Anruf beendete, schaute sie aus dem Fenster zum Parkplatz wo Hagedorn so lange blieb. Nichts zu sehen an seinem Auto. War er doch allein zum Bäcker?

„Herr Hagedorn", rief sie raus. „Müssen sie Ihre Weste erst noch kaufen?"

Keine Antwort.

Sie ging an die Haustür und schaute raus. Kein Mensch weit und breit. Dann machte sie kehrt und ging zurück zum Wohnzimmer. Sollte sie lieber ihren Vater anrufen? Aber wenn Hagedorn gleich wieder auftauchte, machte sie sich lächerlich. Drei Minuten später entschloss sie sich doch, ihn anzurufen. Sie zog ihr Smartphone aus der Tasche.

Plötzlich hörte sie jemand hinter sich. Bevor sie ihren Kopf drehen konnte, spürte sie schon wie jemand ihr ein feuchtes Tuch auf die Nase und Mund presste. Reflexartig stieß sie ihren Ellenbogen nach hinten. Dann nahm sie nichts mehr wahr, alles wurde schlagartig schwarz um sie. Blackout!

23. Kapitel

Um zwanzig nach zwölf standen zwei Kollegen von der Kripo Kempten vor dem Kurhaus von Bad Hindelang. Wie mit Bierbichler ausgemacht, hatten sie in Windeseile einen Haftbefehl vom Staatsanwalt bekommen. In einem Zivilfahrzeug wollten sie vor den Gemeindewerken vorfahren. Hold und Bierbichler stiegen in das Auto der zwei in Zivil gekleideten Polizisten ein. Inspektionsleiter Pfeiffer fuhr zu seiner Dienststelle in Sonthofen zurück.

Zehn Minuten später standen sie vor dem Gebäudekomplex in Hinterstein.

„Einer bleibt an der Eingangstür, Sie Frau Hold und Herr Kögel gehen mit mir rein", befahl Bierbichler.

Sie meldeten sich am Empfang und gingen zum Büro von Feneberg. Sie klopften an und traten ein. Ein anderer Kollege schaute sie verwundert an. „Was gibt's ?", fragte er.

„Wo ist Herr Feneberg?", fragte die Hold. „Am See oben?"

„Keine Ahnung, da müssen Sie beim Chef oder im

Personalbüro fragen. Er war heute noch nicht in seinem Büro. Soviel ich weiß, kam er heute gar nicht zum Dienst. Aber fragen Sie vorsichtshalber unseren Abteilungsleiter Kohler. Der ist gleich zwei Büros weiter."

Sie schritten zu Kohlers Büro und klopften an. Ein lautes „Herein" war zu hören. Kohler saß an seinem Tisch und telefonierte. Er legt den Hörer auf die Seite und fragte: „Grüß Gott die werten Beamten, wie kann ich Ihnen helfen?"

„Wo befindet sich Feneberg?", fragte Bierbichler und schaute ihn finster an.

„Er hat sich heute früh krank gemeldet und kam gar nicht zur Arbeit. Angeblich Darmprobleme, müsste daheim sein oder beim Arzt."

Ohne ihn weiter zu beachten, drehte sich Bierbichler abrupt um und befahl: „Los zum Auto und ab zu ihm nach Hause."

„Ist Feneberg jetzt der Täter?", schrie ihnen Kohler noch hinterher. Aber Antwort bekam er keine mehr. Eilig liefen die Beamten zu ihrem Fahrzeug und fuhren los. Bierbichler hatte ein unangenehmes Gefühl in der Magengegend. „Wenn wir bei ihm sind und niemand öffnet, brechen wir die Tür auf", sagte er zu den Kollegen. Am Haus der Fenebergs angekommen, sahen sie ein Auto vor dem Haus stehen. „Diesmal gehen wir alle vier rein", stellte Bierbichler klar. Nach dem ersten klingeln rührte sich nichts. Sie warteten fünfzehn Sekunden und drückten erneut. Ein zähes „Ja", war aus dem Lautsprecher zu hören. „Das ist der Sohn", sagte die Hold und Bierbichler nickte.

„Gustl, wir müssen Ihren Vater sprechen, machen Sie bitte auf", sagte die Hold mit energischer Stimme.

„Papa und Mama sagen immer, ich soll keine fremden Leute reinlassen, wenn ich allein daheim bin", bekamen sie zur Antwort.

„Gustl, mach auf, wir müssen deinem Vater was bringen und warten auf ihn."

Sepp Bierbichler platzte bald der Kragen. „Wenn er in einer Minute nicht öffnet, brechen wir auf", sagte er zu seinen Kollegen. Kaum hatte er ausgesprochen, wurde der Summer betätigt und die Beamten konnten ungehindert eintreten. Mit verwirrtem Blick stand der hünenhafte, kindlich wirkende Gustl gleich vor ihnen.

„Ich weiß nicht wo Papa ist, was wollen Sie denn von ihm?", fragte er in naivem Tonfall.

„Wir warten auf ihn. Euer Auto steht ja unten, oder? Er kann ja nicht sonderlich weit sein? Warum musst du eigentlich heute nicht arbeiten, du bist doch jeden Tag in der Werkstätte in Kempten beschäftigt?", fragte ihn Bierbichler.

„Heut nicht, mir geht's nicht so gut", bekam er zur Antwort.

„Aha, anscheinend geht's dir an den gleichen Tagen wie deinem Vater nicht so gut. Die Kollegen werden sich jetzt ein bisschen umsehen und wir zwei können uns im Wohnzimmer ja etwas unterhalten, Junge."

Als jungenhaft konnte man den leicht untersetzten 27-jährigen schon noch bezeichnen, sah er doch aus wie siebzehn. Bierbichler setzte sich mit ihm auf die Couch, während die anderen drei sich gründlich in der Wohnung umsahen. „Hast du eigentlich ein Handy?", fragte er beiläufig den Jungen.

„Ja schon, warum?"

„Na, du hast doch sicher die Nummer deines Vaters abgespeichert und könntest ihn ja mal anrufen?"

„Gut, ich schau mal, ob ich ihn im Telefonbuch finde", sagte Gustl und fummelte an einem bestimmt schon zehn Jahre alten Nokia rum.

Währenddessen gingen die anderen beiden Beamten akribisch suchend die Wohnung durch. Zeller, der jüngere, durchsuchte das Schlafzimmer und Kögel ging eine Etage höher. In dem zweistöckigen Haus lag über der Wohnung ein Dachboden und Rumpelkammer. Auf knarrenden Holzstufen ging Kögel langsam nach oben. Lichtschalter fand er keinen, nur ein kleines Dachfenster spendete etwas Licht. Er holte seine

Taschenlampe aus der Jacke. Plötzlich hörte er ein Geräusch.

Hatte sich da was bewegt? Oder war es vielleicht nur eine Maus?

Vorsichtshalber zog er lieber seine Dienstwaffe. Vielleicht hatte sich ja Feneberg hier versteckt?

In dem miefigen staubigen Raum, sah er an einer Dachschräge eine weitere Tür. Er schritt auf sie zu und drückte die Klinke. Sie war verschlossen, sollte er sie aufbrechen? Sie wirkte nicht sonderlich stabil und war aus Holz. Er drehte sich leicht zur Seite, sodass seine rechte Schulter zur Tür zeigte. Dann nahm er kurz Anlauf und warf sich mit voller Wucht seiner 88 Kilo dagegen. Die Tür brach auf, und er fiel zu Boden in den dunklen Raum, der sich vor ihm auftat. Er rappelte sich langsam wieder hoch und sah etwas an einem dicken Dachbalken hängen. Eine große breite Männergestalt schaute ihn mit weit aufgerissenen Augen an und baumelte einen Meter vor ihm. Die Zunge hing dem Mann aus dem Hals. Feneberg hatte sich erhängt!

24. Kapitel

Gustl hantierte an seinem Handy herum wie ein vierjähriger, der zum ersten Mal mit Bausteinen spielte. Bierbichler griff sich das schnurlose Festnetz-Telefon und schaute dort eilig ins Telefonbuch. Er sah, das Fenebergs Handy-Nummer nicht abgespeichert war, sondern nur die Festnetznummer von den Gemeindewerken.

„Herr Wachtmeister", schrie auf einmal der junge Feneberg. „Ich hab die Nummer vom Papa gefunden!"

„Gut, gib mal kurz her", sagte Bierbichler und nahm es ihm auch schon aus der Hand. Dann drückte er auf die Hörertaste und wartete ab was passierte. Es läutete durch, aber niemand nahm ab. Dann kam eine Stimme aus dem Mailbox-system und verkündete, dass der Teilnehmer zurzeit nicht erreichbar ist.

„Chef, schauen Sie mal, was ich hier gefunden habe", hörte er hinter sich auf einmal Sandra Hold sagen. Sie hielt einen Bündel Geldscheine in der Hand.

Erstaunt legte er das Telefon zur Seite: „Wie viel und wo lag das Geld?"

„Es sind circa dreißigtausend Euro und es war in einer Kommode im Schlafzimmer. Wer bewahrt denn so viel Geld daheim auf?"

„Eine von zahlreichen Ungereimtheiten, denen wir erst noch auf den Grund kommen müssen, liebe Kollegin."

In diesem Moment vernahmen sie den Schrei von Kögel: „Kommt mal rauf Leute, schnell!", hörten sie ihn durch den Treppengang brüllen. Hastig gingen sie die Treppe hoch, wie auch der junge Kollege Zeller, der vom Keller hochsprang.

„Schauen Sie fünf Meter nach vorn", sagte Kögel, der geschockt am Türeingang stand. Dann sahen sie schon Gerhard Feneberg an dem breiten Dachbalken baumeln. Sein Gesicht war dunkel und die Augen waren leicht geöffnet.

„Hat sich jetzt der Täter erhängt und ist der Fall damit gelöst?", fragte Kögel, der nur einen kleinen Teil der Geschichte kannte.

„Ich glaube nicht", antwortete Bierbichler, „Aber die nächsten Tage werden wir mehr wissen. Rufen Sie die Kollegen von der Spurensicherung an."

„Sollen wir dem Gustl das sagen?", fragte die Hold.

„Vielleicht weiß er es ja schon und tut bloß so blöd", meinte Kögel.

„Zutrauen würde ich`s ihm, auch dass er hier

mitgewirkt hat, in welcher Form auch immer", gab Bierbichler den erstaunten Kollegen zur Antwort. „Gehen wir runter zu dem Jungen und sagen was los ist. Und Sie Frau Hold, versuchen die Frau Feneberg zu erreichen."

Als sie wieder im Wohnzimmer waren, hatte Gustl den Fernseher eingeschaltet. Er schaute sie nur teilnahmslos an und knabberte an Salzletten.

„Gustl, wir müssen dir was Wichtiges sagen, schalt bitte mal den Fernseher aus", begann Bierbichler.

„Aber jetzt kommt doch Richter Alexander Hold, meine Lieblingsendung."

„Schalt trotzdem aus, es ist sehr wichtig", sagte der Kommissar eine Spur lauter.

„Na gut, aber wehe es ist nicht so wichtig." Dann drückte er die Fernbedienung.

„Dein Vater ist tot Gustl!", sagte Bierbichler und war gespannt auf die Reaktion.

Entgeistert schaute ihn der Junge an. „Das ist nicht ihr Ernst, Herr Kommissar!" Er wirkte auf die Beamten wenig schockiert, vielleicht wollte er es aber noch nicht richtig wahrhaben?

„Doch, traurig aber wahr. Er hat sich auf dem Dachboden erhängt."

„Das glaub ich nicht, das will ich sehen."

„Ich will dir den unschönen Anblick ersparen. Es stimmt, glaub mir, wir machen mit sowas keine Scherze."

Langsam schien dem Jungen zu dämmern, dass es stimmen musste. Er schaute zu Boden und sagte nichts. Bierbichler ließ ihm etwas Zeit. Nach ein paar Minuten fragte er: „ Wann hast du ihn zuletzt lebend gesehen? Habt ihr gemeinsam gefrühstückt?"

„Wir haben gegen halb acht zusammen hier gesessen und Kaffee getrunken. Dann hat er den Arzt angerufen, ob er gleich kommen kann. Kurz danach ist er weg."

„Wo wart ihr gestern Nachmittag, Gustl?"

„Wir waren beim Baden am Eschacher Weiher, dann später Eis essen."

„Und eure Mutter war auch dabei?"

„Nein, die musste arbeiten. Sie ist beschäftigt an der Imbergbahn und arbeitet dort an der Kasse, da ist sonntags immer viel los."

Hold hörte mit, ging in die Küche und rief bei der Imbergbahn an.

„Gustl, wart ihr eigentlich öfter gemeinsam am Schrecksee?"

„Einmal im Jahr vielleicht. Vater wollte privat da nicht noch so oft rauf. Er zeigte mir nur mal, was er da so macht und wie es da ausschaut."

Sandra Hold kam herein und sagte: „Chef, ich hab seine Mutter erreicht an der Bahn. Sie ist in wenigen Minuten hier, sobald sie eine Vertretung hat."

„Was habt ihr denn Samstag so den ganzen Tag gemacht?"

„Ich war mit meiner Mutter beim Einkaufen in Sonthofen. Was Papa machte, weiß ich nicht. Aber ich hab jetzt keine Lust mehr, weiter Fragen zu beantworten, ich will jetzt meine Ruhe!"

Hold und Bierbichler sahen sich an und sagten nichts mehr. Fünfzehn Minuten später traf Frau Feneberg ein und war sehr gereizt. Hold hatte ihr am Telefon noch nichts vom Tod ihres Mannes gesagt, aber dass sie sofort kommen sollte, da was passiert wäre.

„Was ist geschehen, dass ich gleich von der Arbeit weg muss?"

„Frau Feneberg, Ihr Mann hat sich im Dachboden erhängt. Vermutlich zwischen acht und neun Uhr!"

Sie schlug die Hände vors Gesicht und schluchzte. Gustl ging aus dem Wohnzimmer.

Bierbichler sah sie an und hatte das Gefühl, sie machte kein Schauspiel, sondern war wirklich geschockt.

„Frau Feneberg, wir wollen Ihnen reinen Wein einschenken, es ist die letzten achtundvierzig Stunden viel passiert. Es wurde ein Massengrab am Schrecksee entdeckt und wir haben Spuren gefunden. Die DNA hat ergeben, dass Ihr Mann der Täter oder Mittäter ist. Wir rechnen mit mehreren Tätern."

Ungläubig hörte sie zu, während ihr die Tränen über die Wangen liefen.

„Wir sind deshalb hier, weil wir Ihren Mann verhaften wollten. Weitere Details werden die weiteren Obduktionen ergeben."

Fünf Minuten später, als die Feneberg etwas gefasster wirkte, versuchte die Hold das Verhör weiter zu führen, da Gustl`s Mutter nach Bierbichlers Todesnachricht wie gelähmt erschien.

„Frau Feneberg, wo war ihr Mann zwischen Freitagabend und Samstagnachmittag?"

„Er hat einen Freund in Jungholz besucht, abends wollten sie in die Moorhütte in Oberjoch gehen. Ich hab natürlich nicht kontrolliert, ob das stimmt. Er hat Freitagabend bei ihm übernachtet. Samstag sah ich ihn erst abends, als ich um 23.00 Uhr vom Kino in Sonthofen zurückkam. Ich muss aber gestehen, unsere Konversationen haben sich in letzter Zeit stark in Grenzen gehalten." Sie wirkte jetzt wie verwandelt.

„Warum?", hakte die Hold nach.

„Na ja, er hat sich schon die letzten Monate etwas

verändert, wobei das nicht heißen soll, dass ich ihn jemals mit den Verschwundenen vom Schrecksee in Verbindung gebracht hätte."

„Eine heikle Frage noch Frau Feneberg: Hat Sie Ihr Mann die letzten Jahre jemals geschlagen oder war er sehr aggressiv zu Ihnen?"

„Er war etwas cholerisch gelegentlich, aber handgreiflich wurde er nie."

„Und was ist mit Ihrem Sohn Gustl?"

„Das Kind war immer etwas schwierig, schon aufgrund seiner geistigen Behinderung."

„Gab es an seinem Arbeitsplatz irgendwelche größeren Probleme?", wollte Bierbichler wissen.

„Mit einem Ausbilder hatte er mal eine größere Auseinandersetzung, da gab es eine kleine Schlägerei. Er wurde, weil ihn anscheinend ein Kollege beleidigte, jähzornig und hat zugeschlagen."

„Gab es sowas auch in seiner Kindheit?"

„Ja, leider. Deswegen hatten wir auch Ärger mit einigen Eltern hier. Sie wollten mit ihm, beziehungsweise mit uns, nichts mehr zu tun haben."

„Wie wir gehört haben, ist er seit vielen Jahren auch bei einem Psychologen?"

„Ja, das stimmt, er hatte auch häufig depressive

Phasen. Er wurde schon häufig in seinem Leben verspottet und gehänselt."

„Hatte er die letzten zehn Jahre überhaupt mal engeren Kontakt mit Frauen, also konkret gefragt: gabs Intimitäten?", stellte Bierbichler eine delikate Frage.

„Also, mir ist nichts bekannt. Er hat mal nie welche nach Hause gebracht."

„Letzte Frage Frau Feneberg", wollte die Hold wissen. „Ich habe in einer Kommode dreißigtausend Euro gefunden. Warum haben Sie so viel Geld im Haus? Woher stammt es?"

Erstaunt riss sie die Augen auf und zuckte mit den Schultern. „Ich schwöre, das hör ich zum ersten Mal. Davon weiß ich gar nichts. Das ist mir völlig neu."

„Erstaunlich, dann müssen wir noch rauskriegen, woher das viele Geld kommt."

„Okay, Frau Feneberg das reicht für heute. Die Kollegen von der Spurensicherung werden sich noch etwas im Haus aufhalten. Wir werden dann gehen, wir haben in zwei Stunden eine Pressekonferenz."

Bierbichler und Hold verließen das Haus und gingen in ein gegenüberliegendes Stehcafé. Als sie einen Kaffee tranken, fiel Bierbichler seine Jenny ein. Er wollte mal nachfragen, wie es ihr ging. Er holte sein Handy raus und rief sie an. Es läutete ein paar Mal durch, dann schaltete sich ihre Mailbox an. „Schatz, ruf doch mal die nächsten sechzig Minuten zurück, bevor die Konferenz beginnt."

„Komisch, dass sie nicht hingeht", sagte er zur Hold. „Hoffentlich ist da alles in Ordnung. Bisschen sonderbar."

„Sie haben ja auf Ihrem Handy angerufen, wählen Sie doch auch mal Ihre eigene Festnetz-Nummer, falls sie in der Wohnungist ", meinte die Hold.

Bierbichler rief seine eigene Nummer an und bekam wieder keine Reaktion. „Frau Hold, ich hab kein gutes Gefühl. Wir fahren jetzt sofort los und schauen bei mir daheim noch schnell vorbei."

Nervös sprangen sie zu ihrem Dienstwagen. Bierbichler stellte das Blaulicht an und raste in halsbrecherischem Tempo davon.

25. Kapitel

Rainer Hagedorn öffnete seine Augen und starrte zur Decke. Er spürte sofort den stechenden Schmerz im Nacken und Hinterkopf. Die Decke des Raumes sah er nur verschwommen. Er fasste sich mit seiner rechten Hand an den Hinterkopf und spürte das klebrige Blut zwischen seinen Fingern. Er lag im Wohnzimmer seines Kollegen Bierbichler.

„Jenny, können Sie mich hören?", rief er mit zittriger Stimme. Er richtete sich langsam auf und sein Blick wurde etwas klarer.

„Jenny!", schrie er ein weiteres Mal.

Keine Antwort. Totenstille.

Er hatte versagt. Was sollte sein Kollege jetzt von ihm denken? Er stützte sich an der Couch ab und quälte sich langsam hoch. Sein Schädel pochte wie nach einem Hammerschlag. Wo war er überhaupt niedergeschlagen worden? Er konnte sich nicht mehr erinnern. Er ging zum Bad und wusch sich mit kaltem Wasser das Blut etwas ab. Dann legte er sich einen kalten Waschlappen in den Nacken. Er ging ins Wohnzimmer und setzte sich auf die Couch. Langsam konnte er wieder klare Gedanken sammeln. Er schnappte sich das Telefon und rief bei der Kripo Kempten an. Kurz schilderte er den Sachverhalt und forderte zwei Kollegen zum Spuren sichern an. Er sah aus dem Fenster und bemerkte, wie ein Auto vor das Haus raste.

Bierbichler! Mein Gott, was sollte er ihm erzählen?

Tatsächlich, sie waren es und stürmten auf den Eingang zu. Wenige Sekunden später standen sie vor ihm. Ein Blick sagte mehr als tausend Worte. Bierbichler wusste sofort was los war, als er den angeschlagenen Hagedorn sah.

„Wo ist Jenny?", schrie er und es sah aus, als wollte er Hagedorn an den Hals gehen. Doch er legte nur seine Hände auf seine Schultern und sah ihn mit bohrenden Augen an.

„Tut mir leid Sepp, ich habe nicht gut genug aufgepasst. Nur zwei Minuten um aus dem Auto was zu holen, haben dem Entführer gereicht. Als ich wieder ins Haus zurückkam, wurde ich nieder geschlagen. Ich bin erst vor drei Minuten wieder aufgewacht. Ich weiß nicht wo sie ist und wer das war."

„Rainer, jetzt war ich so überzeugt von dir und jetzt dass. Kann man sich denn auf gar niemand mehr verlassen?"

Er wischte sich den Schweiß von der Stirn und setzte sich auf einen Stuhl. „Ich brauch jetzt einen Wodka", sagte er und spürte seinen hohen Blutdruck.

„Chef, trinken Sie lieber nichts. In einer Stunde beginnt die Pressekonferenz, oder wollen Sie jetzt lieber fernbleiben?", fragte die Hold fast flüsternd.

„Nein", entgegnete er. „Jetzt erst recht, ich zieh das jetzt durch. Der das gemacht hat soll sehen, dass ich nicht kapituliere!"

Als ihre Kollegen von der Spurensicherung eintrafen, gingen sie zum Auto und fuhren zur Dienstelle.

26. Kapitel

15.15 Uhr im Polizei-Konferenzraum. Nebenan im größeren Saal fand in wenigen Minuten die große Pressekonferenz statt. Sie war auf 15.00 Uhr angesetzt, die anwesenden Medienvertreter, die teils schon seit einer Stunde da waren, wurden aber um einige Minuten vertröstet. Anwesend waren außer Bierbichler, der Leiter des Landeskriminalamtes Martin Bommer, und der Bayerische Innenminister Bermann. Sie besprachen seit einer halben Stunde, was sie den vielen Medienvertretern sagen sollten und was nicht. Sie vereinbarten Folgendes: Kein Wort über das Verschwinden von Bierbichlers Tochter und den vermutlichen Selbstmord von Feneberg. Als die letzten Details geklärt waren, traten sie kurz vor halb vier im Blitzlichtgewitter zum Podium. Sie setzten sich auf ihre Plätze, wo schon am großen Pult ihre Namensschilder standen. Nachdem die Fotografen sich „warm geschossen" hatten, eröffnete der LKA-Chef mit einem lauten Klingeln die Konferenz. Bierbichler versuchte trotz großer innerer Unruhe, einen ruhigen und gelassenen Eindruck zu vermitteln.

Als sich trotz des Klingelns das Stimmengewirr noch

rege fortsetzte, schrie der LKA-Chef in den Saal: „Meine Damen und Herren, ich darf Sie doch höflich um Ruhe bitten! Die Konferenz geht nur eine halbe Stunde und deshalb bitte ich Sie, die ersten Fragen zu stellen!"

„Kiechle, Schwäbische Zeitung: Wie viele Tote wurden am Wochenende am Schrecksee ge-borgen? Und waren die letzten drei vermissten Frauen auch dabei?"

Bierbichler antwortete: „Wir haben insgesamt acht Leichen entdeckt, plus einen Kopf ohne Rumpf. Von den in den letzten fünfzehn Monaten verschwundenen Frauen, war keine dabei. Die gefundenen Leichen, oder besser gesagt was davon noch übrig ist, sind laut ersten Erkenntnissen aber schon seit Jahren tot. Wir wissen noch nicht wer diese Toten sind, weil wir sie bisher noch nicht identifizieren konnten. Aufgrund von DNA Spuren konnten wir einen Angestellten der Gemeindewerke als Verdächtigen ermitteln. Ob er für alle Toten in Frage kommt ist unwahrscheinlich, wir gehen von mehreren Tätern aus."

„Berger, Süddeutsche Zeitung: Gibt es schon einen Namen für uns, dieses vermeintlichen Täters?"

Diesmal antwortete der Innenminister: „Nein, noch nicht. Wir müssen erst die Beweislage genau analysieren", flunkerte er.

„Gibt es ein gewisses Schema? Irgendwelche Ähnlichkeiten, die alle Opfer aufweisen?"

„Nein, das konnten wir so nicht feststellen", sagte Bierbichler. „Es gibt zwei verschiedene Aspekte zu berücksichtigen. Zum einen ist der „Typ Frau", der entführt wurde, immer sehr ähnlich. Diese wurden ja wie gesagt, noch nicht gefunden. Zum zweiten könnten die gefundenen Skelette ein Zufallsfund sein, die mit den verschwundenen Frauen aber in gar keinem direkten Zusammenhang stehen. Das sind aber alles nur Spekulationen, konkrete Ergebnisse fehlen noch zu dieser These."

„Wolf, NTV: Der vermutliche Täter, der ermittelt wurde, hat der gestanden?"

„Nein, bisher noch nicht. Er muss wie gesagt auch mit den „älteren Toten" nichts zu tun haben, sondern vielleicht nur mit den Verschwundenen. Seine Spuren wurden nur auf Gegenständen entdeckt, die von den Vermissten stammten." Auch hier log er.

„Pokorny, ORF: Warum wurde die kleine Insel erst so spät abgesucht? Und, wurde der See auch durchsucht, beziehungsweise abgetaucht?"

„Das war ein Fehler von uns", gab Bommer zu. „Wir sind zwar letzten Herbst nach der zweiten Verschwundenen auf die Insel, haben aber keine Grabungen vorgenommen. Der See wurde auch mehrfach nach Spuren abgetaucht. Dort war nichts."

„Letzte Frage, bitte!"

„Melzer, Stern: Was passiert jetzt am See?"

„Bis auf weiteres Sperrgebiet. Solange die Vermissten nicht gefunden sind, wird er weiträumig abgeriegelt. Wir werden das mit Kameras und Personal überwachen", gab Bierbichler den Anwesenden zur Kenntnis.

„Okay", schaltete sich Bommer jetzt ein. „Das war es für heute. Sobald wir was Neues wissen, erfahren Sie es jetzt ab sofort, über unseren Pressesprecher vom Präsidium. Wir danken Ihnen!"

27. Kapitel

Schweißgebadet und mit zitterndem Oberkörper verließen Kommissar Bierbichler und die anderen beiden Herren die Pressekonferenz. Es gab zwar noch ein paar aufdringliche Journalisten, die noch mehr wissen wollten, diese wurden aber sanft von zwei Bodyguards abgewiesen und auf einen anderen Zeitpunkt vertröstet. Die drei Herren verschwanden in die Kantine des Präsidiums. Alle holten sich am Automaten einen Kaffee und saßen sich zusammen.

„Was wollen Sie jetzt machen Herr Bierbichler?", begann Innenminister Bermann das Gespräch.

„Wir werden mit dem Therapeuten des Jungen sprechen. Dann warten wir noch das Ergebnis der Spurenuntersuchung ab."

„Wollen Sie den Fall nicht lieber freiwillig abgeben? Eine Soko würde sich dann um das Weitere kümmern."

„Und meine Tochter? Soll ich warten, bis der liebe Gott sie mir wieder bringt? Sie soll nicht spurlos für immer verschwinden, wie die anderen die letzten Monate."

„Haben Sie denn wenigstens einen konkreten Verdacht, wer es gemacht haben könnte?"

„Ja habe ich. Und ich glaube, dass die verschwundenen Frauen nicht mehr im Allgäu sind und noch leben."

Bommer runzelte die Stirn: „Wenn Ihre These stimmen sollte, haben Sie den Fall so oder so nicht mehr lang. Dann wird hier Kempten bald nicht mehr zuständig sein."

Nach einem Schluck Kaffee sagte er dann leise: „Herr Bierbichler, ob Sie wollen oder nicht. Ab Freitag wird eine sechsköpfige Sondereinheit das ganze weiter ermitteln. Sie werden dann nicht mehr das Kommando anführen, das macht dann Herr Späth aus Augsburg, der hat schon einige Entführungsfälle die letzten Jahre erfolgreich gelöst."

Bierbichler platzte fast, und konnte seine Erregung kaum noch verbergen. „Können Sie gern machen, dann quittiere ich meinen Dienst und werde privat weiter ermitteln!"

Dann stand er wütend auf und ließ zwei verdutzte, ratlose Männer zurück.

28. Kapitel

Dienstagmorgen, 8.30 Uhr. Bierbichler hatte, wie er glaubte, zwei wichtige Termine auf seinem Tagesplan. Vormittags den Leiter der Behindertenwerkstätten in Kempten, nachmittags den Psychologen des jungen Feneberg. Seine Kollegin Hold begleitete ihn zum ersten Besuch um halb zehn, zu den Werkstätten im Kemptener Gewerbegebiet. Feneberg konnte ihnen nicht über den Weg laufen. Er hatte wegen dem Tod seines Vaters Sonderurlaub erhalten. Ralf Dombrowski empfing sie wie vereinbart und zeigte ihnen vor dem Gespräch, was für Arbeiten von den Behinderten hier zu verrichten waren. Nach der Besichtigung der einzelnen Arbeitsabteilungen gingen sie in sein Büro.

„Sie wollten speziell über Gustl Feneberg Erkundigungen einholen?", fragte Dombrowski und bot beiden Kaffee an.

„Ja, korrekt", antwortete Bierbichler. „Er ist ja schon zwölf Jahre hier. Was können Sie uns denn Positives und Negatives über ihn erzählen?"

„Tja, begann er zögerlich. Der Junge ist ein Typ mit zwei gegensätzlichen Charakteren. Zum einen kann er sehr fleißig und hilfsbereit sein, auf der anderen Seite auch aufbrausend und aggressiv."

„Hatte er öfter Streit mit Kollegen, nicht nur verbal, sondern auch körperlich?", wollte die Hold wissen.

„Ja, leider. Verbale Streitereien sind leider häufig bei ihm. Er ist oft uneinsichtig, launisch und ungeduldig. In den letzten sieben Jahren gab es auch drei körperliche Auseinandersetzungen."

„In welcher Form?"

„Einmal gab es Streit in der Kantine, weil er meinte ein anderer Kollege hätte sich vorge-drängelt. Zwei Mal gab es Stress, weil er zwei Kolleginnen unsittlich berührte."

„Etwas genauer bitte, was ist konkret passiert?"

„Beim Streit mit dem anderen Mann hat er mit der Faust zugeschlagen. Der Kollege war durch Nasenbeinbruch zehn Tage arbeitsunfähig. Eine der beiden Frauen hat er an den Hintern gefasst, die andere an die Brust. In beiden Fällen haben ihm die Frauen eine Ohrfeige gegeben, danach wollte er mit dem Schraubenzieher auf sie los. Mit Müh und Not konnten ihn zwei andere Kollegen zurückhalten, dass nichts Schlimmeres passierte. Einer bekam einen Ellenbogencheck und der andere eine Kopfnuss dabei ab!"

Damit bestätigte sich, was auch die Kommissare ihm

zugetraut hätten. War der Junge doch mehr in den Fall verstrickt, als sie bisher vielleicht vermuteten?

„Wollten Sie ihn noch nie entlassen?", fragte die Hold.

„Doch, schon mehrfach. Aber auf Bitten und Betteln seiner Eltern und seines Psychologen haben wir es dann doch gelassen. Sie hatten Angst, dass er dadurch noch unberechenbarer wird."

„Herr Dombrowski, das reicht uns vorerst. Wir haben aber noch eine Bitte: Auf dem Zettel, den ich Ihnen jetzt gebe, stehen vier Zeiträume in den letzten fünfzehn Monaten. Bitte prüfen Sie das mit Ihrer Personalabteilung und geben uns dann spätestens bis morgen Bescheid, ob Feneberg dort krank war oder fehlte. Vielen Dank."

Dann verabschiedeten sie sich und fuhren weiter nach Sonthofen.

29. Kapitel

Zur gleichen Zeit war Gustl Feneberg auf dem Weg zum Bäcker, unweit des Familienhauses. Aufgrund des Todes seines Vaters, hatte er von seinem Arbeitgeber eine Woche frei bekommen. Das gleiche galt für seine Mutter, die auch daheim war. Sie hatte ihn gebeten, zum Bäcker zu gehen, um Brötchen zu holen. Auf dem kurzen Weg dorthin merkte der Junge, dass ihn andere Passanten und Nachbarn mit misstrauischen und ängstlichen Blicken beäugten. Einige, die ihn sonst grüßten, schauten auf die Seite. Ihm schien es, als ob ihn keiner mehr kennen wollte. Auch die Verkäuferin der Bäckerei verhielt sich sehr zurückhaltend.

Verkrampft lächelnd begrüßte sie ihn mit einem knappen „Morgen", als er den Laden betrat. Normal grüßte sie ihn immer mit Namen. Nur Frau Schneider, eine andere Nachbarin, die neben ihnen wohnte, fragte freundlich: „ Na Gustl, wie geht's?"

„Es geht so", antwortete er. „Mama geht's schlechter. Sie weint und redet kaum mit mir."

„Wenn ihr wollt, könnt ihr gern morgen zum Kaffee bei mir vorbeikommen", bot sie höflich an.

„Ich werd mal Mama später fragen", antwortete er. „Ich würde Ihnen dann Bescheid geben, Frau Schneider."

„Gut, würde mich freuen, Junge", sagte sie und tätschelte seinen Arm.

Die ältere Dame mit knapp siebzig kannte ihn bereits, seit er das Laufen lernte. Sie verabschiedete sich und ging aus dem Laden. Gustl bestellte ein paar Semmel und seine heißgeliebten Quarktaschen. Die Verkäuferin schenkte ihm noch ein paar Fruchtgummi und wünschte einen angenehmen Tag. Dann ging er mit seinem schlaksigen Gang aus dem Laden.

Daheim angekommen wunderte er sich, dass die Eingangstür offen stand. Hatte er vergessen abzuschließen? War Besuch gekommen und hatte die Tür offen gelassen? Er trat über die Türschwelle und rief: „Mama, ist Besuch gekommen?"

Kein Laut war zu hören.

War sie außer Haus gegangen und hatte vergessen zuzusperren?

„Mama wo bist du? Wer hat die Tür offen gelassen?"

Wieder keine Reaktion auf seine laute Stimme.

Er trat in die Küche und legte seinen Einkaufsbeutel auf dem Tisch ab. Er zog seine Schuhe aus und ging ins Wohnzimmer. Dort lief noch der Fernseher. Aber niemand war da. Dann ging er ins Bad. Dort sah er die volle Badewanne. Das Wasser war rot, blutrot!

Untergetaucht lag seine Mutter im Wasser, ein Arm ragte heraus. Sie hatte sich die Pulsadern aufgeschnitten!

30. Kapitel

Der Diplom-Psychologe und Psychotherapeut Helmut Nägele war vorab informiert worden, warum ihn die Beamten besuchten. Er empfing sie zwar freundlich, wies aber gleich zu Beginn auf seine begrenzte Zeit hin.

„Der Terminkalender ist leider sehr voll", bat er nahezu flehentlich um Verständnis.

„Gut, dann kommen wir gleich zur Sache. Sie betreuen seit fast vierundzwanzig Jahren den Gustl Feneberg. Wir hätten nur gern eine Einschätzung von Ihnen über seinen geistigen Zustand", sagte Bierbichler.

„Der Gustl Feneberg ist anscheinend mit einer Hirnhautentzündung auf die Welt gekommen. Er hat dann im Laufe seiner frühen Kindheit immer mehr Verhaltensauffälligkeiten an den Tag gelegt."

„In welcher Form?"

„Die ersten Lebensjahre hatte er durch eingeschränktes Denkvermögen Probleme. Er kam nicht in den Kindergarten, sondern kam in eine Einrichtung für geistig Zurückgebliebene. Dort gab es dann aber Probleme mit den anderen Kindern, weil er oft gewalttätig wurde."

„Kann so was von einer Hirnhautentzündung kommen?"

„In der Regel nicht, erst im Laufe der Zeit fiel auf, dass er auch blaue Flecken hatte. Und das nicht nur vom hinfallen, sondern auch von häuslicher Gewalt."

„Das heißt, er wurde daheim geschlagen?"

„Genau, die Eltern waren überfordert und wussten sich vermutlich nicht anders zu helfen, als den Kleinen körperlich zu züchtigen. Es stellte sich erst mit dem vierten oder fünften Lebensjahr heraus, dass er regelmäßig geschlagen wurde, nicht nur von seinen Eltern."

„Sondern?", wurde beide hellhörig.

„Auch von seiner Schwester!"

„Er hat eine Schwester?" fragten beide ungläubig.

„Hatte. Sie ist seit vielen Jahren tot!"

„Weshalb? Wie alt war sie, als sie starb?"

„Sie war fünf Jahre älter als ihr Bruder und musste immer auf ihn aufpassen. Als die beiden mal an der Ostrach spielten, stürzte sie ins Wasser, trieb ab und ertrank."

„Und es gab außer dem Kleinen niemand in der Nähe, der ihr helfen konnte?", fragte die Hold. „Hat sie nicht um Hilfe geschrieen?"

„Natürlich. Es waren aber kaum Fußgänger zu der Zeit unterwegs. Erst als sie eine Weile abtrieb, sah eine Frau das Drama. Sie konnte aber nichts anderes machen, außer Hilfe zu holen. Damals, Anfang der Neunziger waren Handys kaum verbreitet. Sie sah einen Radler, den sie um Hilfe bat, aber es half nicht mehr. Beide wären bei der starken Strömung selber mitgerissen worden."

„Und was machte der Junge am Ufer", fragte die Hold gebannt.

„Ja, jetzt kommt eben das Unheimliche. Wenn es stimmt, was die Frau erzählte, hat der Junge völlig teilnahmslos das Drama verfolgt. Als ob ihm das ziemlich egal war. Er soll sogar gelacht haben. Böse Zungen behaupten, dass der Junge seine Schwester in den Fluss gestoßen haben soll. Dafür gibt es aber keine handfesten Beweise. Der Radler versuchte dann an einer Stelle das Mädchen zu greifen und stand bis zu den Oberschenkeln im Wasser. Aber er kam nicht an sie ran. Bis die Feuerwehr endlich kam, war das Mädchen längst ertrunken. Später konnte nur noch die Leiche geborgen werden."

„Woher wissen Sie das eigentlich so genau?", fragte ihn Bierbichler. „Hat Ihnen der Junge das so erzählt?"

„Nein, der Junge hat nie groß darüber geredet. Aber vor circa zehn Jahren kam eine Frau zu mir aus Oberstaufen, die hat mir in einer der Sitzungen diese Geschichte erzählt. Sie war die Zeugin von damals!"

„Wie heißt die Frau?"

„Simone Gehring. Ich konnte mir deshalb so gut den Namen merken, weil es meine einzige Patientin bisher war, die während einer Sitzung einen Nervenzusammenbruch erlitt. Sie war vom Schicksal hart betroffen. Ihr Mann und die einzige Tochter kamen nach einem fürchterlichen Autounfall ums Leben und verbrannten. Dann hat sie die Diagnose bekommen, dass sie Brustkrebs hat. Nach einem Selbstmordversuch wurde sie dann zu mir verwiesen."

„Hochinteressante Geschichte", flüsterte nahezu bedächtig Sandra Hold hervor. „Was macht die Frau heute?"

„Was sie beruflich und privat macht, weiß ich nicht. Aber sie hatte regelmäßig Kontakt zu Frau Feneberg. Sie kennen sich ja schon lange, sind auch gemeinsam auf der Berufsschule gewesen."

Bierbichlers Handy klingelte. Er nahm ab und hörte nur kurz zu, legte auf und meinte zu den beiden anderen: „Gustl war dran, seine Mutter liegt tot in der Badewanne!"

31. Kapitel

Jenny Bierbichler öffnete die Augen. Mit verschwommenem Blick starrte sie an die Decke. Um sie herum war es fast dunkel.

War sie tot? Ist so das Jenseits irgendwo zwischen Himmel und Hölle? Nein, sie lebte! Sie war aus einer Betäubung erwacht und kam langsam zu Bewusstsein.

„Mein Gott ist mir schlecht", murmelte sie vor sich hin. Sie hatte Kopfschmerzen und merkte, dass sie auf einem Bett lag. Sie wollte sich an die Stirn fassen und merkte, dass das nicht ging. Sie lag auf dem Rücken und ihre beiden Hände waren nach hinten an ein Bettgestell angekettet. Ihre Füße waren mit einem Seil gefesselt. An den Beinen hatte sie einen kleinen Spielraum, sodass sie wenigstens die Füße etwas bewegen konnte. Sie trug nichts mehr am Körper, der Typ hatte sie ganz ausgezogen, sie war vollständig nackt!

„Hatte sich dieser Dreckskerl an ihr vergangen?", schoss es ihr durch den Kopf. Sie spürte aber keine Schmerzen im Unterleib. Gott sei Dank!

Die Luft war stickig und sie musste niesen. Wer hatte sie hierher gebracht? Was hatte der Typ mit ihr vor?

„Hilfe", brüllte sie auf einmal. „Hilfe, hört mich denn keiner?"

Schreien war das einzige was sie konnte. Wo war sie? Konnte sie überhaupt jemand hören? War das eine Hütte, wo sie sich befand?

„Hilfe! Helft mir doch!", schrie sie aus purer Verzweiflung.

Dann kamen ihr die Tränen. Sie wollte noch nicht sterben. Sie war doch noch so jung. Dann ein Geräusch! Kam ihr Entführer?

Ein Schlüssel drehte sich im Schloss. Die Tür ging auf. Ein Mann mit Gesichtsmaske betrat den Raum. Er war groß, bestimmt eins neunzig, mit kräftiger Statur. Er hatte ein kariertes Hemd und eine dunkle Jeans an. Er starrte sie an, wie sie da lag. Auf ihr Gesicht, auf ihre Brüste, auf ihre rasierte Scham und sagte nichts.

„Was willst du von mir?", durchbrach sie das Schweigen. „Warum hast du mich hierher gebracht?"

Nahezu Bewegungslos stierte er sie an. *Warum sagte der Idiot nichts?, dachte sie sich.*

„Warum antwortest du nicht? Was soll ich hier?"

Er trug eine Maske wie ein Bankräuber, wie man es schon oft in Filmen gesehen hatte.

„Ich hab was zum Essen mitgebracht", sagte er auf einmal mit leiser dunkler Stimme. Er sprach dialektfrei, er konnte nicht aus dem Allgäu sein. Eher erinnerte sie seine Aussprache an einen Osteuropäer, der seit vielen Jahren in Deutschland lebte. Versuchte er, seine Sprache etwas zu verstellen? Nein, so gut konnte das keiner.

„Meine Arme schmerzen, bitte mach mich los!"

Er schaute sie durch seine schmalen Augenschlitze an und meinte: „Ich sperre dein Schloss am rechten Handgelenk auf, dann kannst du dich aufrichten und mit einer Hand essen."

Er holte den Schlüssel aus seiner Hosentasche, beugte sich leicht über sie und sperrte auf.

Endlich konnte sie etwas hoch rutschen. Es war zwar immer noch unbequem, aber eine kleine Erleichterung. Jetzt konnte sie auch an ihre Stirn greifen, dann spürte sie den Angstschweiß der herunter lief.

„Seit wann bin ich hier? Wo bin ich? Warum bin ich nackt?"

„Seit zwei Tagen. Du befindest dich auf einer Hütte im Gebirge und nackt gefällst du mir besser."

Er machte mehr Licht mit einer Handlampe. Dann holte er einen Beutel aus einem Nebenraum.

„Du kannst zwei Butterbrezen und ein Brötchen haben. Ich hab auch schon Kaffee gemacht."

Er reichte ihr eine Breze und sie aß hastig. Sie war noch knusprig, sie konnte nicht alt sein. Höchstens ein bis zwei Stunden. Also war hier nicht allzu weit weg eine Bäckerei?

Als er ihr eine große Tasse Kaffee reichte, fragte sie: „Wo ist mein BH, T-Shirt, Hose und Slip?"

Keine Antwort.

Er schaute ihr beim Essen zu. Dann befahl er, dass sie sich wieder auf das Bett legen solle. Er nahm er ein langes Messer aus einer Schublade und spielte prüfend mit den Fingern an der Klinge. Dann war sie wie gelähmt, als er die Messerspitze zwischen ihre

Scheide legte. Mein Gott, was hatte er vor? „Bitte schneide mich nicht", flehte sie. Dann führte er die Messerspitze zwischen ihre Schamlippen, ein Zentimeter oberhalb ihres Scheideneingangs verharrte er mit der Spitze und sah sie an. Dann meinte er ohne jegliche Gefühlsregung: „Dein Vater bekommt von uns einige Forderungen und Anweisungen. Sollte er die nicht binnen achtundvierzig Stunden erfüllen, schneide ich dir eine der Schamlippen ab und verschick sie an deinen Vater!"

32. Kapitel

Ein Team der Spurensicherung bestehend aus drei Mann, nahm zum zweiten Mal binnen kürzester Zeit die Wohnung der Fenebergs unter die Lupe. Dr. Schmölz, der Gerichtsmediziner, untersuchte die leblose Feneberg. Die anderen zwei Kollegen suchten im Bad und in der Wohnung nach anderen Spuren. Gustl hockte im Wohnzimmer und war stumm wie ein Fisch. Er antwortete auf keine Frage mehr. Hold und Bierbichler waren auch sofort zum Tatort gefahren.

„Todesursache?", fragte Bierbichler den Arzt.

„Sie hat sich mit einer Rasierklinge die Pulsadern am rechten Handgelenk aufgeschnitten. Dann in wenigen Sekunden hat sie so viel Blut verloren, dass sie zusammengesackt, runtergerutscht und im Wasser untergetaucht ist."

„Warum hat der junge Feneberg nichts bemerkt?"

„Wahrscheinlich hat sie es getan, während er zum Bäcker ging. Andere Variante wäre, dass der Sohn, auch wenn er im Wohnzimmer saß, nichts mitbekommen hat. Das kann sich völlig lautlos abgespielt haben. Wenn sie keinen Schrei von sich gegeben hat, kann er nebenbei fernsehen ohne es zu merken."

„Also, dass eine zweite Person ‚nachgeholfen' hat, halten Sie für ausgeschlossen?"

„Ausschließen würde ich generell nie irgendwas, halte es aber für unwahrscheinlich. Zumal wir bei dem alten Feneberg was Erstaunliches entdeckt haben."

„Was?"

„Die Obduktion der Leiche hat ergeben, dass im Magen des Toten eine große Menge an Schlafmitteln gefunden wurde."

„Soll was heißen?"

„Na ja, die Menge entspricht etwa acht bis zehn starken Schlaftabletten. Warum sollte jemand, bevor er sich aufhängt, so viele Schlaftabletten schlucken?"

„Es könnte ja sein, dass er dadurch meinte, weniger an Schmerz beim Aufhängen zu spüren und ‚schneller' tot zu sein?"

„Eine abenteuerliche These. Eine realistischere wäre: Ein schlafender Feneberg könnte auch schlafend von jemand aufgehängt worden sein!"

„Das wär ja der Hammer, dann wäre Gustl oder jemand anders der Täter?", fragte die Hold baff.

„Möglich. Aber wenn es eine Person war, muss sie

über Bärenkräfte verfügen. Bei der Feneberg wird später die Obduktion ergeben, ob sie freiwillig in die Badewanne stieg."

Bierbichler war ratlos: „Kann es denn wirklich sein, dass der Junge, der geistig behindert ist, so clevere eiskalte Morde an allen begeht? Das kann ich mir wirklich schwer vorstellen."

Seine Kollegin meinte perplex: „Der Junge hat den IQ eines Achtjährigen, das halte ich auch für unmöglich. Irgendwas stinkt hier gewaltig, wir haben noch ein bis zwei Personen die hier mitmischen, die wir noch nicht auf der Rechnung haben. Bei der Feneberg halte ich einen Selbstmord für völlig plausibel. Wenn ihr Mann und Sohn da drinstecken, verkraftet man sowas sehr schwer. Sie wäre für immer und ewig die Verbrecherfrau und Mördermutter gewesen. Sie hätte hier wegziehen müssen."

Dann gingen sie gemeinsam ins Wohnzimmer zum jungen Feneberg.

„Gustl, wer kümmert sich jetzt um dich?", fragte Bierbichler. „Deine Eltern sind tot, wie auch deine Schwester seit zwanzig Jahren!"

Feneberg ballte seine Hände zu Fäuste und für einen kurzen Augenblick hatte Bierbichler das Gefühl, der Junge wollte ihn angreifen. Doch er entspannte sich etwas und kniff seine Mundwinkel zusammen: „Ich kann auch für mich selbst sorgen, bin alt genug."

Bierbichlers Handy klingelte. Er nahm das Telefonat an und ging in die Küche, um ungestört zu telefonieren. Nach einer Minute kam er zurück und sagte mit ernster Stimme zum jungen Feneberg:

„Gustl, die Recherchen haben ergeben, dass du an allen Tagen, an denen die Frauen am Schrecksee verschwanden, nicht an deinem Arbeitsplatz warst! Du bist hiermit festgenommen!"

33. Kapitel

Will sich jemand rächen an meinem Vater? Hatte diese Entführung gar nichts mit dem „Fall Schrecksee" zu tun? Jenny Bierbichler zerbrach sich den Kopf, während sie auf dem Bett lag und den maskierten Mann vor sich ansah.

„Willst du meinen Vater erpressen? Was hast du vor?"

Wieder stierte er sie nur an. Trotz nacktem Körper fror sie nicht. Es war angenehm warm in der Hütte. Jetzt konnte sie mehr sehen. Die Sonne streifte das kleine Fenster. Der Raum war ungefähr dreißig Quadratmeter groß und hatte vorne im Eck vermutlich einen zweiten Nebenraum.

Eine Jagdhütte?

Auf dem Stuhl neben dem Tisch sah sie ihren Slip, BH Short und ihr T-Shirt sowie auch eine kleine Kamera. Hatte der Kerl sie fotografiert, als sie noch ohnmächtig war?

Das Handy des Mannes klingelte. Zumindest Empfang hier, dachte sie sich. So abgelegen konnte die Hütte nicht sein. Er ging in den Nebenraum und machte die

Tür zu. Ganz leicht hörte sie ihn reden, verstand aber nicht was er sagte. Sie sah sich ganz langsam im Raum um. Wie konnte sie hier fliehen? Gab es eine Waffe? Irgendeinen Gegenstand, den sie ihm auf den Schädel schlagen konnte? Sie sah nichts, was dafür geeignet wäre. Außer dem Bett, Tisch und Stuhl, sah sie nur noch eine kleine Singleküche und Kommode. Nebenraum? Küche? War da Besteck oder ein Messer? Er kam zurück und legte sein Handy auf den Tisch.

Sie spürte Druck in der Magengegend. „Ich muss auf die Toilette! Meine Brezen wollen wieder raus."

Er sah sie wieder so merkwürdig an. Sie hasste sein blödes Gaffen. Geilte er sich an ihrem nackten Körper auf? Wenigstens hatte sie keinen großen schweren Busen, sondern kleine feste. Ein Vorteil, auch wenn sie fliehen wollte?

„Okay, ich sperre dein zweites Handgelenk auf. Die Toilette ist in dem Raum, in dem ich eben war. Mach keinen Unsinn, sonst muss ich dir sehr wehtun."

„Kann ich meinen Slip anziehen, nur für den Toilettengang, sonst tropft es hinterher."

„Gut, aber wenn du wieder auf dem Bett liegst, ziehst du ihn wieder aus."

Er spielte wieder an seinem Messer und steckte es dann in seinen Schaft am Gürtel. Er nahm seinen Schlüssel und trat seitlich an sie ran. Das Bett stand nur mit dem Kopfteil zur Wand. Er sperrte auf und öffnete auch den Strick an den Füßen.

„Beeil dich, ich muss gleich gehen. Es steckt kein Schlüssel, du kannst nicht absperren."

Als er aufgesperrt hatte, rieb sie zuerst ihr schmerzendes Handgelenk. Dann richtete sie sich auf und drehte auf ihren Pobacken zur Seite, um ihre Beine auf dem Boden aufzusetzen. Ein leichtes Schwindelgefühl ergriff sie. War das das Betäubungsmittel, dass er ihr verabreicht hatte?

„Kann ich bitte ein Glas Wasser haben? Mir ist schwindlig."

Ohne zu zögern ging er zur Spüle, machte ein Glas voll und reichte es ihr. Es schmeckte klar, war rein und sehr kalt. Bestimmt Quellwasser, das hier abgezweigt wurde. Sie fühlte sich besser, das Wasser tat gut. Langsam stand sie auf, ihre Beine zitterten etwas. Mit langsamen, unsicheren Schritten ging sie zur Toilette. Er verfolgte aufmerksam jede ihrer Bewegungen. Dann machte sie die Tür hinter sich zu. Die Toilette war spartanisch eingerichtet, aber Gottlob kein Plumsklo. Sie konnte sich vernünftig hinsetzen. Während sie saß, wanderten ihre Augen umher in dem zwei mal drei Meter großen Raum. Ein kleines Fenster spendete Licht und sie sah, dass draußen strahlender Sonnenschein war. Sie sah nur Bäume und blauen Himmel. Das Fenster war gekippt und hatte eine

Diagonale von ungefähr 15 Zentimeter. Zu eng, um hindurch zu schlüpfen, auch bei ihrem schlanken Körper. An der Wand war ein kleines Waschbecken, darüber hing auf eineinhalb Metern Höhe ein kleiner Spiegel. Oberhalb des Spiegels war eine kleine Ablage.

„Beeil dich!", schrie er ungeduldig.

Als sie fertig war, spülte sie nicht sofort, sondern stand auf und trat vor den Spiegel. Obwohl sie eine hübsche junge Frau war, gefiel sie sich jetzt überhaupt nicht. Ihre langen Haare waren zerzaust und ihre Augen hatten tiefe Ringe. Ihr dezentes Make-up war etwas zerlaufen. Sie wusch ihre Hände am Waschbecken, trocknete sie an einem Handtuch, und griff dann auf die auf über zwei Meter hoch angebrachte Ablage, die zehn Zentimeter breit war.

Sie konnte barfuß nicht sehen, was sich darauf befand. Mit ihrer Hand ergriff sie etwas Hartes, Borstiges. Sie nahm es hervor, eine Stahlbürste. War noch was dahinter? Sie stellte sich auf die Zehenspitzen, legte die Bürste wieder zurück und griff weiter nach hinten. Ihre Finger spürten etwas Kaltes, Metallisches. Ihr Herz begann wie wild zu hämmern, ein circa fünfzehn Zentimeter großer schwerer Schraubenschlüssel!

34. Kapitel

Wo war seine geliebte Jenny? Josef Bierbichler wollte sich vor seinen Kollegen nichts anmerken lassen. Aber das Verschwinden seiner Tochter machte ihm schwer zu schaffen. Die Spurenauswertung in der Wohnung der Fenebergs brachte keine neuen Erkenntnisse. Und Gustl Feneberg antwortete nicht mehr und wurde abgeführt. Später wollten sie ihn in einem intensiven Verhör durch die Mangel nehmen. Der Polizeipräsident unterbreitete den Vorschlag, Jennys Bild in die Zeitung und ins Internet zu setzen. Bierbichler lehnt sofort resolut ab, er glaubte, dass er dadurch noch angreifbarer wäre. Bisher gab es noch keinen Versuch einer Erpressung von Seiten des Entführers. Was hatte der Kidnapper vor? Sandra Hold und Sepp Bierbichler waren sich beide sicher, dass der junge Feneberg mehr wusste, als er zugab. Sie hatten deshalb beschlossen, ihn in wenigen Minuten zu „bearbeiten".

Zusammengesunken saß Gustl in dem Verhörraum und nippte an einem Becher Kakao. Als die beiden ihm gegenüber Platz nahmen, schaute er nur zwischen ihnen hindurch.

„Herr Feneberg, wenn Sie nicht reden, werden Sie den Rest ihres Lebens in der Zelle schmoren", begann die Hold.

„Ich bin unschuldig", antwortete er mit weinerlicher Stimme.

„Wo waren Sie an den Tagen, an denen sie in der Firma fehlten?", fuhr sie fort.

„Bummeln und Baden", murmelte er leise.

„Baden am Schrecksee, um neue Opfer zu finden Gustl?", brüllte ihn Bierbichler an. „Gesteh endlich! Du und dein Vater habt Hass auf Frauen und eure Mordgelüste am Schrecksee ausgelebt!"

Sandra Hold erschrak, aufgrund seines lauten cholerischen Anfalls.

„Mein Vater hat nichts damit zu tun, ich war es."

„Warum, wir haben doch seine DNA an zwei Gegenständen gefunden?"

„Ich habe diese Spuren so gelegt mit seinen Abdrücken darauf, um den Verdacht auf ihn zu lenken. Ich gestehe hiermit alle Morde begangen zu haben und die Frauen entführt zu haben!"

Bierbichler und Hold wussten, dass er jetzt Unsinn redete. Mit dem Verschwinden konnte er was zu tun haben, mit den Morden aber nicht, sonst müsste er als Sechs- oder Zehnjähriger gekillt haben!

„Dass du mit dem Verschwinden der Frauen was zu tun hast, nehm ich dir sofort ab. Aber dass du als kleines Kind schon so gemordet hast, glaub ich weniger. Außer du hast deinem Vater zugesehen!"

Hielt sie der Bursche zum Narren? Spielte er nur mit ihnen?

„Warum hat sich Ihr Vater umgebracht?", hakte die Hold nach. „Oder waren Sie das und haben ihn am Balken aufgehängt?"

Er grinste auf einmal und bohrte in seiner Nase. Bierbichler konnte sich kaum noch zurückhalten. Er wollte dem Irren am liebsten seine Visage kurz und klein schlagen.

„Du bist ein kaltes krankes Stück Scheiße!", fuhr es aus ihm raus. „Sag mir, wo meine Tochter ist! Spuck es aus oder es wird dir schlecht bekommen."

Sandra Hold wusste, dass jetzt eine kritische Phase war. Ihr Kollege musste sich zurücknehmen und durfte dem Jungen nicht drohen. Der Polizeipräsident hörte hinter einer Glasscheibe, für keinen der drei sichtbar, alles mit.

Gustl Feneberg starrte nur wieder an die Wand hinter ihnen und meinte: „Ohne meinen Anwalt sag ich gar nichts mehr."

Die Hold versuchte es auf die sanftere Tour: „Gustl, Sie

sollten kooperativer sein. Das wirkt sich positiv auf Ihr Strafmaß aus."

Feneberg verzog nur die Mundwinkel und kratzte sich am Kopf oben, mit gespreizter Hand. Bierbichler erinnerte die Szene an einen früheren „Dick und Doof Film", als Stan Laurel sich so kratzte.

Polizeipräsident Bommer verfolgte mit finsterer Miene das Geschehen hinter der Scheibe. Er trat ein und winkte die beiden zu sich raus. Als sie draußen waren, meinte er: „Sie müssen sich unter Kontrolle halten Herr Bierbichler, sonst muss ich jemand anderen das Verhör weiter machen lassen. Glauben Sie denn, er lässt was raus, was Ihre Tochter betrifft?"

„Ich bin mir absolut sicher, dass er damit was zu tun hat. Ich glaube, es ist nur eine Frage der Zeit, wann er redet. Wir dürfen nur nicht locker lassen."

35. Kapitel

Das Herz von Jenny klopfte wie verrückt, als sie den Schraubenschlüssel in der Hand hielt. Würde das reichen, um ihn im richtigen Augenblick nieder zu schlagen? War der Schlüssel schwer genug und ihr Schlag platziert, um ihn damit kampfunfähig zu machen? Rutschte der Schlüssel raus, wenn sie ihn hinten in ihren Slip steckte? Es gab nur diese Möglichkeit, ansonsten musste sie sich den Schlüssel in die Scheide einführen! Sie verwarf diesen unangenehmen Gedanken, im entscheidenden Moment würde es zulange dauern, den Schlüssel aus der Scheide herauszuziehen.

„Mach endlich. Noch dreißig Sekunden, sonst komm ich rein", schrie er und sie zuckte zusammen.

Langsam steckte sie den Schlüssel in ihre Unterhose. Jetzt war sie froh, dass sie selten einen Stringtanga trug, dann wäre das ganze unmöglich. Sie steckte den Schlüssel so an ihr Hinterteil, dass sie einen Teil zwischen die Arschbacken klemmen konnte. Die Spitze zwischen dem Schritt konnte sie kaschieren indem sie den Slip nicht ganz heraufzog. Nur so bestand weniger Gefahr das er rausrutschte. Wenn er sie auf dem

Hinterteil ansah, würde es ihm trotzdem auffallen. „Ich komm schon, ich hab auch meine Tage gekriegt", flunkerte sie und trat langsam wieder in den Raum. Langsam schritt sie, mit ihm leicht zugewandten Oberkörper, einen Meter rechts an ihm vorbei. Damit er weiter in dieser Blickrichtung blieb, kratzte sie sich am rechten Busen. Das wirkte, er machte erstmalig ein Kompliment: „Du hast knackige Titten!"

Dann ging sie zum Bett und saß sich ihm zugedreht hin. Sie lächelte ihn an, als ob sie sich über das Kompliment freuen würde.

„Ich muss dich jetzt wieder ans Bett ketten. In vier Stunden komm ich wieder und bring dir was zum Essen mit. Es bringt nichts, wenn du dir hier die Lunge aus dem Hals brüllst. Die Hütte liegt sehr abgelegen und es kann dich niemand hören."

„Was ist, wenn ich ‚muss', soll ich dann ins Bett machen?"

„Wenn du es nicht bis zu meiner Rückkehr halten kannst, hast du Pech gehabt. Dann ja. Leg dich jetzt wieder auf den Rücken und zieh den Slip aus."

Sie spürte, jetzt gleich kamen die entscheidenden Sekunden. Sie presste die Oberschenkel und Pobacken fest zusammen und zog etwas die Knie zum Körper. Gott sei Dank, der Schlüssel blieb im Spalt als sie die Hose runterstreifte. Als sie sich wieder hingelegt hatte, versuchte sie einen Hohlrücken zu machen. So konnte sie besser unter ihren Hintern greifen. Er stand auf und schritt auf sie zu.

„Okay, die Arme wieder nach hinten", befahl er.

Er beugte sich leicht über sie und griff nach ihrem linken Handgelenk. Er holte seinen Schlüssel aus der Brusttasche und fingerte an dem Vorhängeschloss der Kette. Jetzt oder Nie. Er war so nah und mit dem Handgelenk beschäftigt, dass er nicht sah, dass sie mit ihrer rechten Hand unter ihr Gesäß griff. Sein Kopf befand sich keine zwanzig Zentimeter über ihrer Brust. Sie spürte das kalte Metall an den Fingern und zog es heraus. Ihr Puls raste hoch! Sekundenbruchteile bevor das Schloss zuschnappte, holte sie aus und schlug mit voller Kraft zu.

Treffer!

Sie traf ihn mit dem Kopf des Schlüssels an seiner rechten Stirnseite. Bei der Abwärtsbewegung streifte der Schlüssel auch seine Augenbraue. Sie platzte auf, Blut spritzte. Durch die Wucht des Schlages fiel ihr der Schlüssel aus der Hand. Er schrie und kippte leicht nach hinten. Sie zog ihre Knie an den Oberkörper und trat mit voller Wucht zu. Er schmetterte nach hinten und schlug rücklings auf dem Boden auf. „Schlampe!", brüllte er schmerzverzehrt.

Sie stand blitzschnell auf, schnappte sich ihr Shirt vom

Stuhl, streifte es über und stürmte ins Freie. Dann rannte sie so schnell wie nie zuvor in ihrem Leben. Weg , Hauptsache weg hier. Irgenwo mussten hier auch Menschen sein. Beinahe wäre sie noch über eine Wurzel gestolpert. Sie konnte sich gerade noch fangen und rannte so schnell es ging weiter.

Eines hatte sie vergessen, ihre Schuhe! Sie lief auf nackten Sohlen, war aber im Vergleich zu anderen nicht zimperlich. Sie hatte schon öfters barfuß kleine Touren gemacht. Das größere Problem war, wo lief sie hin?

Als sie aus dem Waldstück stürmte, war sie erleichtert. Sie sah einen markierten Wanderpfad. Sie befand sich irgendwo in den Allgäuer Alpen. War sie in der Nähe hier vom Schrecksee? Von diesem war aber weit und breit nichts zu sehen. Irgendwie kam es ihr hier bekannt vor, aber der entscheidende Hinweis fehlte. Sie musste sich beeilen, aber dann auch zwischendurch Verschnaufspausen machen.

Hatte sie einen Fehler gemacht, als er auf dem Boden lag? Hätte sie nachschlagen sollen?

Auch sein Handy hatte sie in der Panik übersehen. Sie wusste nicht, wie schwer er von dem Schlag lädiert war. Aber es war unsinnig, jetzt länger darüber nachzudenken. Sie musste einfach weiter und dann kurz innehalten an einem versteckten Platz, wo sie wieder Luft holen konnte.

„Verdammt, irgendwo müssen doch hier Wanderer unterwegs sein", fluchte sie vor sich hin.

Sie keuchte, lief weiter und bekam leichtes Seitenstechen. Aber dann hörte sie ein „klackern". Hörte sich an wie Stöcke, Wanderstöcke!

Es kam jemand. Ein Wanderer der bergauf lief, kam ihr in fünfzig Meter Entfernung, entgegen. „Hilfe!", brüllte sie laut und rannte auf ihn zu. Entgeistert sah sie der Mann an, als sie nach Luft schnappend nur mit T-Shirt bekleidet vor ihm stand.

„Was ist denn los Mädchen?", fragte der kleinere, ältere Herr, der ihr entgegenlief. Er war Ende sechzig und schaute sie ungläubig an.

„Was ist denn passiert, du bist ja barfuß und sonst vollständig nackt?" Das Shirt hing nur bis auf die Höhe wo normalerweise die Schamhaare waren.

„Ich wurde entführt und war einen Kilometer von hier in einer Hütte angekettet. Ich konnte fliehen und meinem Peiniger einen Schlag mit dem Schraubenschlüssel versetzen. Wo sind wir hier?"

„Zwischen E-Werk und Schrecksee im Hintersteiner Tal auf circa 1250 Meter. Was ist mit deinem Kidnapper, ist er schwer verletzt?"

„Vermutlich nicht. Ich habe ihn, glaube ich, nicht voll getroffen, obwohl er stark blutete. Setzen Sie bitte sofort einen Notruf ab oder rufen Sie meinen Vater an. Er ist Kripo-Chef in Kempten."

Der kleine grauhaarige Mann erkannte sofort den Ernst der Situation. Er zog sein Handy aus der Seitentasche seiner Trekkinghose und sagte: „Okay, ich ruf deinen Vater an, dann geb ich dir ein längeres T-Shirt zum anziehen. "

Dann nahm er aus seiner Brusttasche seine Lesebrille und setzte sie auf.

„Geben Sie mir bitte ein Pflaster, mein großer Zeh blutet", bat sie ihn. Er holte aus seinem Rucksack Verbandszeug und reichte es ihr. Dann klappte er sein altes Handy auf. „Jetzt sag mir die Nummer deines Vaters."

Langsam, damit er sich nicht vertippte, sagte sie ihm die Nummer von dem Privathandys ihres Vaters. Netz war da, der Verbindungsaufbau fand statt. Dann nahm sie das Pflaster aus seinem Verbandsbeutel den er ihr reichte und bückte sich zu ihrem Zeh. Gleichzeitig vernahm sie ein kurzes pfeifendes Geräusch. In der Hocke starrte sie nach oben, er ließ sein Handy fallen.

Er starrte mit weit aufgerissenen panischen Augen und geöffnetem Mund geradeaus. Mit beiden Händen hielt er sich an den Hals. Blut floss an seinen Fingern herunter. Zwischen seinen Händen ragte eine Metallspitze hervor, ein Pfeil hatte seinen Hals durchbohrt. Mit einem letzten Gurgeln knallte er auf den Boden. Trotz des grauenvollen Anblicks griff Jenny nach wenigen Sekunden zu seinem Handy und rannte. Sie rannte und rannte und hoffte, keinen stechenden Schmerz auf einmal im Körper zu verspüren, falls er erneut schoss.

36. Kapitel

„Wir müssen überlegen, wie wir ihn am besten weich bekommen", meinte Polizeichef Bommer. „Vielleicht sollten wir seinen Psychotherapeuten hinzuziehen", schlug Sandra Hold vor.

„Viel zu viel Aufwand", meinte Bierbichler. „Und ob der überhaupt Zeit hat, ist eh unwahrscheinlich. Am liebsten würde ich alles aus ihm rausprügeln, er weiß bestimmt wo Jenny ist."

„Es ist besser Bierbichler, Frau Hold führt das Verhör allein weiter und dann ziehe ich noch einen erfahrenen Polizeipsychologen hinzu. Der Körbel hat schon manchen geknackt. Er hat am Nachmittag Zeit für den Jungen."

„My Way", die Melodie von Bierbichlers Handy klingelte. Er nahm an und stieß einen lauten Schrei aus: „Jenny!" Mein Gott Schatz, wo bist?" Bommer und Hold hörten gebannt mit.

„Paps", hörte er seine um Luft ringende Tochter keuchend sagen. „Du musst sofort nach Hinterstein kommen! Ich bin auf der Flucht vor meinem Kidnapper. Er hat eben einen Mann getötet, der mir helfen wollte! Ich renne Richtung E-Werk, vom kleinen Stausee aus nach unten. Er ist hinter mir her! Bitte komm schnell!"

Bommer, der geschockt mithörte, sprang sofort nach draußen und gab die Anweisung, einen Hubschrauber startklar zu machen.

„Und schicken Sie sofort zwei Streifenwagen von Sonthofen aus, die nach Hinterstein rasen!", sagte er hektisch zu dem Beamten am Schreibtisch.

„Jenny, es ist ein Hubschrauber und zwei Streifenwagen unterwegs zu dir", versuchte Bierbichler seiner Tochter Mut zuzusprechen. „Lass dein Handy an, damit wir dich immer lokalisieren können. Lauf vorsichtig und halte dich gut versteckt, dass er dich nicht sieht. Warne auch andere Wanderer, die dir über den Weg laufen."

„Paps, ich hab so Angst. Mir zittern die Knie und mir ist schwindlig. Ich krieg Kreislaufprobleme."

Bierbichler legte kurz das Handy weg um seine schusssichere Weste und sein Waffenholster anzulegen. Dann sagte er zur Hold: „ Sie bleiben beim Feneberg."

Dann nahm er das Handy wieder in die Hand und stürmte zum Ausgang. Zwei Scharfschützen hatten sich bereit gemacht und liefen mit ihm auf den Hof. Der Polizeihubschrauber auf dem Hof war startklar, der Pilot wartete schon. Leicht gebückt sprangen sie zum Helikopter. Als sie alle saßen und abhoben, brüllte er unter lautem Rotorengeräusch: „Jenny, wir sind unterwegs. Geh weiter vorsichtig Richtung Tal, nur unten sehen wir dich besser und können auch landen." Er hörte noch, dass sie irgendwas sagte, dann gab es einen lauten Knall am anderen Ende der Leitung.

37. Kapitel

Sandra Hold nahm verärgert zur Kenntnis, dass sie im Präsidium bleiben musste. Sie wäre viel lieber beim Einsatz mit Bierbichler unterwegs gewesen, um ihm bei der Suche nach Jenny zu helfen. Das wäre bestimmt ein abenteuerlicher Einsatz geworden. Stattdessen musste sie vom Schreibtisch aus verfolgen, was da draußen geschah. Nur ihr Vorgesetzter Bommer war über Funk ständig mit dem Piloten und den Einsatzfahrzeugen aus Sonthofen in Kontakt. Sie blickte durch die Glasscheibe und sah den apathisch schauenden Feneberg auf seinem Stuhl sitzen. Aus diesem gestörten Typen war ja eh nichts rauszubringen, dachte sie sich, als sie sich eine Tasse Kaffee einschenkte.

Im Verhörraum stand in der Ecke ein Polizist und beobachtete jede Bewegung von Feneberg. Seine Hände, die in Handschellen waren, lagen auf dem Tisch. Einen Versuch würde sie heute vormittag noch starten, um vielleicht ein nützliches Wort aus ihm heraus zu bekommen. Sie nahm ihre Tasse in die Hand und betrat den Raum. Er nahm sie nicht zur Kenntnis und starrte nur an die Wand.

„Gustl, wollen Sie uns immer noch nichts zu den verschwundenen Frauen vom Schrecksee erzählen? Wir haben Jenny Bierbichler gefunden und es ist nur eine Frage der Zeit, wann ihr Komplize redet", bluffte sie.

Jetzt sah er sie an, als wollte er sie mit Blicken töten. Seine dunklen Augen sahen unheimlich aus. Er gab kein Wort von sich.

„Ihr Komplize wird reden, jetzt haben Sie noch die Gelegenheit, mildernde Umstände zu bekommen."

Er starrte auch unbeweglich, als sie sich genau gegenüber von ihm hinsetzte. Er faltete nur seine gefesselten Hände wie zu einem Gebet. Auf einmal beendete er sein Schweigen.

„Kann ich eine Zigarette haben?", fragte er in leisem Ton.

„Wenn Sie reden, ja! Wer ist der Kerl, der Jenny entführt hat?"

„Er arbeitet bei den Gemeindewerken in Bad Hindelang und ist mit meinem Vater befreundet", sagte er. „Er ist korrupt und bessert sein Einkommen auf. Er arbeitet mit einem Menschenhändlerring aus Tschechien zusammen."

Sandra Hold wurde hellhörig. War das glaubhaft, was der Typ da von sich gab? Eine völlig neue Ansicht des

Falles? Erstreckte sich der Fall weit über die Grenzen des Allgäus hinaus? Ein internationaler Fall?

„Er gab mir und meinem Vater viel Geld, damit wir helfen, die Frauen vom Schrecksee weg zu schaffen. Mein Vater hatte viele Schulden, er ist spielsüchtig."

Sandra Hold grübelte. Klang zwar irgendwie abenteuerlich, aber auf der anderen Seite doch nicht so unwahrscheinlich. Gustl Feneberg erschien ihr viel zu einfältig, als das er das alles selbst getan hätte. Der taugte in seinem Geisteszustand doch höchstens als Handlanger.

„Krieg ich jetzt meine Zigarette?"

„Okay, Herr Wintergerst holen Sie ihm eine", wandte sie sich an ihren Kollegen.

Wintergerst verließ eilig den Raum.

„Wissen Sie, in welche Hütte Ihr Komplize Jenny verschleppte?"

Gustl antwortete zögerlich: „In meiner Brusttasche ist ein Kartenausschnitt. Holen Sie ihn raus, da ist die Hütte mit einem Kreuz eingezeichnet! Darauf steht auch die Handynummer des Entführers."

Na endlich schien der Typ doch kooperativ zu werden, dachte sie sich. Wusste er, dass das Spiel aus ist?

Sie stand auf. Mit der linken Hand nahm sie ihre Dienstwaffe aus dem Schulterholster, entsicherte und zielte auf ihn.

„Keine Mätzchen", warnte sie und trat an ihn ran.

Mit der rechten Hand griff sie in seine linke Hemdtasche und zog langsam einen Zettel hervor.

Dann ging alles rasend schnell.

In unglaublichem Tempo, was ihm niemand zutrauen würde, schnellte sein Fuß vor, traf sie seitlich am linken Bein und brachte sie zu Fall. Sie verlor den Bodenkontakt und fiel rücklings nach hinten. Dabei verlor sie ihre Pistole.

Feneberg ergriff blitzschnell den am Tisch liegenden Kugelschreiber und nahm in trotz Handschellen in beide Hände. „Jetzt bist du fällig Bulle, jetzt stech ich dich ab!", schrie er wie von Sinnen.

Sie drehte sich, machte einen kleinen Sprung am Boden und hechtete zu ihrer Waffe. Sie bekam den Griff zu fassen und dreht sich in seine Richtung. Er hatte beide Hände hoch erhoben und ließ sich auf sie fallen. Geistesgegenwärtig schoss sie, während er auf sie fiel.

Er brüllte, als die Kugel in seiner Brust einschlug.

Reflexartig drehte sie sich zur Seite. Er krachte wie ein nasser Sack neben ihr mit seinen hundert Kilos nach unten. Der hereinstürmende Kollege sah noch, wie er frontal mit seinem Gesicht und Kopf auf dem Boden aufschlug. In wenigen Sekunden breitete sich eine riesige Blutlache auf dem Boden aus

38. Kapitel

Jenny keuchte und lief ihm zickzack zwischen den Bäumen umher um keine gute Zielscheibe abzugeben. Sie hörte, wie ein weiterer Pfeil in einem Baum einschlug. Sie durfte keine Zeit verlieren, jederzeit konnte sie auch so ein Geschoss mit Eisenspitze treffen. Er musste irgendwo zwischen fünfzig und hundert Meter hinter ihr sein. Weiter flog so ein Pfeil nicht. Vielleicht machte ihm das ja Spaß sie so zu hetzen? Vielleicht war er sich zu sicher?

Sie taumelte vorwärts, stolperte, strauchelte, bis ihre Hände einen Baumstamm fanden, an dem sie sich festhalten konnte. Sie lehnte ihren schmerzenden Körper dagegen, wartete, bis sie genügend Kraft gesammelt hatte, um den nächsten Atemzug zu tun. Um wieder ein paar Schritte weiter zu hetzen.

Wo war er?

Während sie floh, versuchte sie ihren Vater anzurufen. Immer wieder brach das Mobilfunknetz zusammen. Trotzdem konnte sie ihm erzählten, was passierte. Immer wieder machte sie Pause um Atem zu holen. Sie sprang einen Kilometer kreuz und quer, abseits des Wanderweges. Wichtig war, dass sie nach unten kam ins Tal. Dort waren bestimmt viele Leute. An einer Waldlichtung sah sie eine kleine Hütte. Vermutlich ein Futterstadl für Wild im Winter. Sie lief darauf zu.

Dann hörte sie ihren Vater am Handy wieder. Sie hörte die lauten Hintergrundgeräusche des Hubschraubers. Er war unterwegs!

Sie merkte, dass sie einen Seitenstecher bekam, sie hatte bestimmt falsch geatmet.

Gott sei Dank, ein Wanderpaar, ungefähr sechzig Meter vor ihr! Das Paar lief ihr eilig entgegen, als sie sahen, das sie taumelte. An einem Baum hatte sie sich das Gesicht aufgekratzt, Blut lief an ihrer Wange runter.

Mit schwindenden Kräften stolperte sie dem Paar entgegen, sie stürzte und fiel hin. Ihr Handy schepperte auf den erdigen, leicht steinigen Weg.

Der junge Mann, um die dreißig, sprintete ihr wie bei einer Olympiade entgegen.

Er hatte sie erreicht und kniete sich hin.

„Mein Gott, was ist dir passiert?"

Seine Partnerin hatte sie jetzt auch erreicht. Sie sahen eine nach Luft ringende, blutende Jenny. Stockend erzählte sie hastig in wenigen Sätzen die gefährliche Situation. Die Frau holte eine Trekkingbluse und eine knielange Hose aus dem Rucksack und gab es ihr.

Das Paar erkannte sofort den tödlichen Ernst der Lage. Der „Schrecksee-Fall" war ihnen bekannt. Sie stützten sie und liefen weiter zum Tal runter, so schnell es irgendwie ging.

„Jetzt wird der Killer vorsichtiger sein, er kann hier nicht alle töten", meinte der Mann der Frank Egger hieß. Er hoffte selber, dass das stimmt was er von sich gab.

Er und seine Frau Sabine waren nur unterwegs gewesen, um Brennessel zu sammeln, erklärten sie ihr.

„Wie weit ist es noch zum E-Werk?", fragte Jenny.

„Nicht mehr weit, höchstens noch siebenhundert Meter ", meinte Frank.

Er holte seine Thermoskanne aus der Seite seines Rucksacks.

„Du musst was trinken Jenny, sonst brichst du gleich zusammen."

Sie nahm hastig einige Züge und verschluckte sich fast.

„Hört ihr das?", fragte sie plötzlich die beiden.

„Ja", antwortete Sabine. „Ich höre es auch. Ein Hubschrauber! Sie müssen gleich da sein, dann sind wir in Sicherheit."

Jenny spürte eine kleine Erleichterung, war das die Rettung?

Sie liefen weiter und tatsächlich: In gut dreihundert Meter Entfernung sahen sie den Hubschrauber heranfliegen.

Sie sprangen weiter. Noch zweihundert Meter Luftlinie war er von ihnen entfernt. Die letzten Bäume, dann gingen sie auf einem freien, offenen Wiesenfeld weiter.

Der Helikopter sah die wild rudernden Arme der drei tanzenden Personen. Er setzte zur Landung auf dem Feld an.

Plötzlich drehte er sich aber und flog noch ein Stück auf die Waldlichtung zu. Seitwärts stand er quer in der Luft, dreißig Meter über dem Boden.

Jenny sah, warum.

An der Waldlichtung an einer Tanne stand, ihr Entführer!

Er hatte keine Maske mehr auf, vermutlich um besser

sehen zu können. Er spannte seinen Bogen, dann fielen Schüsse. Die Scharfschützen mit ihrem Gewehr und Bierbichler mit Pistole, schossen aus allen Rohren. Der Polizist sorgfältig zielend, Bierbichler kurz hintereinander, immer wieder bis das Magazin leer war. Bevor der Mann seinen Bogen abfeuern konnte, taumelte er im Kugelhagel der vielen Schüsse. Die meisten trafen. Der Mann zuckte wie bei Stromschlägen, dann krachte er zu Boden.

Dann landete der Pilot. Jenny und ihr Vater rannten aufeinander zu.

Jenny fast nur noch auf einem Bein. Als sie sich in den Armen lagen und weinten, hörten sie nicht mehr die Streifenwagen, die mit Sirene an der Straße stoppten. Sieben Polizisten stiegen aus und rannten mit gezogenen Waffen auf den regungslosen Körper am Boden zu und umkreisten ihn. Bierbichler trug seine Jenny auf den Armen und brachte sie in den Helikopter. Dann flogen sie davon.

39. Kapitel

Eine Woche später.

Jenny und ihr Vater saßen gemeinsam beim Frühstück und versuchten die schrecklichen Erlebnisse zu verarbeiten.

„Das war es für mich mein Schatz", sagte Sepp Bierbichler zu seiner Tochter. „Fünfunddreißig Jahre Jagd auf Kriminelle reicht."

„Was machst du dann Paps? Wird es dir da nicht langweilig?"

„Ich glaube nicht, ich werd mir schon noch ein oder zwei Hobbys suchen. Vielleicht fang ich ja jetzt auch mit Golfen an", meinte er und grinste sie an.

„Aber zuerst geh ich endlich mal auf Kur für vier Wochen. Wollte immer schon mal Urlaub machen am Chiemsee."

Was Bierbichler noch nicht ahnte. Der Fall war noch lange nicht zu Ende!

Wo waren die verschwundenen Frauen?

Wer war der Kidnapper?

Überlebte Gustl Feneberg?

Wer waren die gefundenen Leichen?

Was steckte hinter dem verfluchten Schrecksee?

Ein Nachfolger für Josef Bierbichler in Kempten stand zwar schon fest, aber der Fall ging woanders zu Ende!

Ende Part 1

DANKSAGUNG

An alle die mich dazu ermutigt haben, diesen Roman zu schreiben.

Meinen mich seit vielen Jahren unterstützenden, Web-Administrator Alex.

„Der Lektorin" aus Bad Hindelang, damit sich die Fehler dieser überarbeiteten Ausgabe auf ein Minimum reduziert haben. Sollte trotzdem einer entdeckt werden, verzeiht es mir.

Einer Familie die mir die Geschichte ihrer vermissten Tochter erzählte, und mich zu der Story in „Abgewandelter Form" inspirierte.

Liebe Leser, hat Ihnen dieser Roman gefallen?
Dann dürfen Sie sich auf die Fortsetzung freuen!

Voraussichtlich im Herbst 2014 erscheint unter dem Romantitel:

„Höllentrip nach Prag",

die Lösung aller ungeklärter Fragen, verknüpft mit weiteren mysteriösen Vorgängen, die mit dem „Fall Schrecksee" in Zusammenhang stehen.

Schockierend - rätselhaft - düster - erotisch und dramatisch.

200 Seiten, die sie fesseln werden, wieder als Taschenbuch (8,50 €) und E-Book (4,99 €).

Diesmal ermittelt Ex-Kommissar Josef Bierbichler in Oberbayern.

Nur ermittelt er diesmal rein privat, da er nicht mehr im Polizeidienst tätig ist. Verstärkung erhält er von einer geheimnisvollen, rassigen Kurbekanntschaft und einem Privatdetektiv.

Hauptschauplätze der Fortsetzung sind in:

Bad Aibling

Rosenheim

Chiemsee

Kampenwand

Salzburg

Kempten und PRAG.

An diesen Plätzen wird der Roman zu Ende erzählt.

Auf der nächsten Seite, erhalten Sie die Vorschau in Form des ersten Kapitels vorab.

Viel Spaß beim Lesen.

Ihr Marc Palmer

LESEPROBE

„Höllentrip nach Prag":

Zehn Wochen waren seit dem aufregenden Fall am Schrecksee vergangen. Hauptkommissar Josef Bierbichler a.D. hatte genug von der Verbrecherjagd und quittierte einen Tag nach der Rettung seiner Tochter den Polizeidienst. Im Winter wäre seine Dienstzeit regulär zu Ende gewesen, aber warum sollte er sich noch unnötig einige weitere Monate quälen. Der Fall war ihm psychisch sehr nah gegangen und hatte viele schlaflose Nächte verursacht. Gott sei Dank war der Ausgang glücklich verlaufen, aber was blieb, waren einige offene Fragen. Der Fall war überhaupt nicht vollständig geklärt. Aber damit musste sich sein Nachfolger jetzt beschäftigen.

Seine Tochter konnte nach einer Woche Auszeit ihr Studium in München wieder fortsetzen. Außer seelischen Narben, hatte sie nur einen gebrochenen lädierten Zeh abbekommen, der aber inzwischen wieder verheilt war. Auch ein Grund für Bierbichler aufzuhören, konnte er sich doch wieder intensiver um seine Tochter kümmern. Sie war während seiner aktiven Dienstzeit viel zu kurz gekommen. Zu Beginn seiner Beamtenlaufbahn bei der Polizei hatte Bierbichler sich unentwegt den Kopf nach passenden moralischen Grundsätzen zerbrochen. Was war gut, was war böse? Jeder neue Fall fügte seiner ständig schlechteren Weltanschauung eine neue Facette hinzu. Bald jonglierte er mit immer komplizierteren Theorien, die er selbst nicht mehr verstand. Im Laufe der vielen Jahre hatten sich seine Erkenntnisse immer weiter reduziert. Er hatte Fälle bearbeitet, bei denen die Opfer gefangen gehalten, missbraucht, gefoltert und wenn sie nicht daran gestorben sind, schließlich umgebracht worden waren. Manchmal so bestialisch, dass der Schauplatz des Verbrechens dem Abfallplatz eines Schlachthofs glich. Damit sollte jetzt Schluss sein. Das letzte viertel seines Lebens sollte ein gemütliches und entspanntes Leben bringen.

Seine Tochter war mit fast fünfundzwanzig jetzt selber alt genug und brauchte ihn nicht mehr so notwendig wie während ihrer Kindheit. Er unterstützte sie großzügig während ihrer Studienzeit. Sie führte ihr eigenes Leben in München, der Kontakt war aber seit dem Tod seiner Frau wieder sehr eng geworden. Nach dem seine krebskranke Frau vor zwei Jahren gestorben war, fiel er in ein tiefes Loch. Sie hatten eine gute Ehe über dreißig Jahre geführt, trotz seines Jobs. Verdammter Krebs dachte er, während er sich eine Tasse Kaffee einschenkte. Hoffentlich blieb er in den nächsten Jahren von größeren Krankheiten verschont. Er saß an einem sonnigen Septembertag auf der Terrasse seines Einfamilienhauses in Kempten. Nach langen Gesprächen mit seiner Tochter und seinem besten Freund Paul Gabler, hatte er beschlossen, eine vierwöchige Kur im Chiemgau anzutreten. Zum einen brauchte er dringend Tapetenwechsel, um auf andere Gedanken zu kommen, zum anderen hatte er seit Beendigung seines Dienstes weiter an Gewicht zugelegt. Er war noch nie der schlankeste, zumindest die letzten zwanzig Jahre nicht mehr. Aber seit seiner Pensionierung hatte sich sein Gewicht von sechsundneunzig auf über hundert Kilo erhöht. Da musste er jetzt gegensteuern, sonst würde er bald aussehen wie Ottfried Fischer. Ein wunderschönes Fleckchen hatte er sich für seine Kur ausgesucht, so schön wie im Allgäu, hoffte er. Im Chiemgau zwischen München und Salzburg im schicken Kurort Bad Aibling. Die Studienkollegin seiner Tochter kam von Aibling, da ließ er sich leicht überreden von seiner Tochter, dass sie ihn möglichst oft besuchen konnte. Bad Aibling, eine kleine Stadt nicht weit weg vom schönen Chiemsee und den Alpen. Gerade das richtige für ihn. Alles gut überschaubar, dachte er. Morgen sollte es losgehen, die Vorfreude war groß bei ihm. Seine Nachbarn, mit denen er ein gutes Verhältnis pflegte, würden ab und zu nach seinem Haus sehen. Vor sechs Wochen hatte er seinen Aufenthalt in einem Kurhotel gebucht, in unmittelbarer Nähe zur bekannten Wendelsteinklinik. In seinem Hotel stand ein tägliches Aktiv-Programm und ein spezielles Diät-Essen auf der Tagesordnung. Er packte einen Koffer und eine Reisetasche mit allem, was ihm gerade so einfiel. Aufgrund des langen, warmen Sommers nahm er auch noch seine Badesachen mit. Die Wassertemperatur des Chiemsees hatte auch jetzt noch in der zweiten Septemberwoche, 22 Grad. Ideal um noch einige Badestunden im See einzulegen.

Was Bierbichler nicht ahnen konnte: Sein Aufenthalt würde zum Trip des Grauens werden! Die Toten und Verschwundenen vom Schrecksee würden ihn auch in Oberbayern nicht zur Ruhe kommen lassen.

Widmungen